河南评论家文丛

来自平原的声音

刘海燕 著

河南大学出版社
HENAN UNIVERSITY PRESS
·郑州·

图书在版编目(CIP)数据

来自平原的声音 / 刘海燕著. -- 郑州：河南大学出版社，2023.10
ISBN 978-7-5649-5659-2

Ⅰ.①来… Ⅱ.①刘… Ⅲ.①中国文学-当代文学-文学研究-文集 Ⅳ.①I206.7-53

中国国家版本馆 CIP 数据核字(2023)第 211747 号

项目总策划	侯若愚
责任编辑	侯若愚
责任校对	任湘蕊
封面设计	翟淼淼
出版发行	河南大学出版社
	地址：郑州市郑东新区商务外环中华大厦 2401 号 邮编：450046
	电话：0371-86059701(营销部)　　网址：hupress.henu.edu.cn
排　　版	河南金河印务有限公司
印　　刷	河南瑞之光印刷股份有限公司
版　　次	2023 年 10 月第 1 版　　印　次　2023 年 10 月第 1 次印刷
开　　本	890 mm×1240 mm　1/32　印　张　7.75
字　　数	137 千字　　　　　　　　　定　价　32.00 元

版权所有·侵权必究
本书如有印装质量问题，请与河南大学出版社营销部联系调换。

目　录

重读与回望

《黄河东流去》：一部"悲中见壮"的史诗//3

小说家与乡土中国
　　——重读乔典运//12

从此找到作为作家的那个自己
　　——重读李佩甫《红蚂蚱 绿蚂蚱》和铁凝《棉花垛》//22

一部作品的精神气象
　　——写于李佩甫《生命册》研讨会之后//34

一部经典，靠什么托起
　　——重读阿城《棋王》和田中禾《轰炸》//41

文学的影响力，如何穿越时代
　　——重读王蒙《春之声》等和张宇《乡村情感》//56

书写城市文化的范例

  ——重读陆文夫《美食家》//66

蒋韵:我"跟踪研究"的一个作家//77

幽暗时代之夜的一束光

  ——重读何士光《梨花屯客店一夜》//90

回望1980年代以来的另类作家——残雪//97

思想与记忆

老一代学人的精神气象

  ——作家型学者孙荪先生//111

独立的学术研究风格

  ——读鲁枢元新版《创作心理研究》//118

何弘与河南文学印象记//125

撬开我们板结的习惯和观念

  ——读艾云《我的痛苦配不上我:

  女性的宿命和忧伤》//132

从何处思想

  ——读张宁《内部的时空》//140

如此热爱创作又热爱理论的刘恪//144

文学与人生

时代光影里的她们

　　——邵丽和她的《金枝》//159

草木之心和民间诗卷里的冯杰//169

通向阳光的那条路

　　——王晓莉印象记//174

文字是有翅膀的

　　——《墨白研究》编后记//181

你最好的作品是你的生活

　　——汪渺印象与评论//185

大地深处厚实的温暖

　　——评许建平《生存课：许建平中短篇小说选》//193

明了与散淡的红都和他的写作//200

尘世中那根最冷寂最柔情的弦

　　——傅爱毛《天堂门》点评//204

汇聚起你生命中的灵光时刻

　　——评青青《王屋山居手记》//210

扎根于"历史"和"理想"

　　——张晓林和他的《书法菩提》//220

一个有趣的小说家，这样解析世界

——读杜禅《先知开花》//225

一生怎样才能保持住自我

　　——鱼禾《情意很轻,身体很重》读记//231

理解灾难、天堂和万物的角度

　　——温青和他的《天堂云》//234

后记//241

重读与回望

《黄河东流去》：一部"悲中见壮"的史诗

父亲曾经不止一次地给我讲"黄水"到来时的情景，他像在讲一个遥远的传说，说"水头"在离我们村多少里远的地方，掉了个头，去了哪里哪里，我们村因此淹得不太狠，但房屋也都泡塌了，鸡都飞到了树梢上……那些故事似乎都在父亲的嘴边，他随时会讲出来，我也随时忙着手头的活儿，没有太认真地听他讲，也没有多问。有一天，父亲就不在了，那些他笑着讲述的苦故事，就再也听不到、问不着了。那是一代人的人生苦故事——

1938年，国民党炸开黄河花园口大堤，企图"以水代兵"阻止日军南下，结果却淹没了豫、皖、苏三省四十多个县，而受灾的人，极大部分是农民——这沉默的大多数。这场大灾难的代言人，也是见证人，就是河南籍作家李凖（1928—2000年）。李凖的《黄河东流去》，讲述了这场大灾难的受害者——难民——在家园被毁以后,面对绝望,如何活下去的故事。

《黄河东流去》,上集完成于 1978 年,下集完成于 1984 年。这部 55 万多字的大作品,是李準创作生涯中的分水岭。李準前半生的创作,基本上是在社会生活的层面上引起轰动的,带着一定的局限性。如:1950 年代初引起文坛轰动的他的短篇处女作《不能走那条路》;1960 年代初,他的小说《李双双小传》和电影《李双双》,在国内引起"李双双旋风";1970 年代末,他的电影文学剧本《大河奔流》发表,轰轰烈烈拍成电影后,不久就受到冷落。这样讲,并不能否定他引起轰动的因由,即他对中原农村、农民的熟悉,语言的幽默生动等,这是他的潜力和优势。

河南老一代评论家孙荪,也是作家李準一生的挚友,他用几十年的时间跟踪研究李準,把李準作为中原及中国作家的一个标本,借以反省共同的经验教训。他在李準评传《风中之树——对一个杰出作家的探访》一书中写到这样一个细节:李準把小说《李双双小传》的两千元稿费一半交了党费,一半捐献给了公社,以救济饥饿的农民。面对当时普遍的大饥荒,李準知道这是杯水车薪,但他的敏感善良促使他这样做。而《李双双小传》恰恰是歌颂人民公社办食堂的。作为一名作家,他看见了真实状况,但他回避着,他的内心是不安的,尤其是到了1980年代,李準回顾自己的创作生涯时,就更为不安和痛苦。他反思了20世纪五六十年代的所谓的"文学运动",概括说:"人未死,作品已经死了。"可见,李準作为一位农民之子、自然之子,他身上有淳朴、善良、厚重的成分,他对土地和农民有着深深的爱和责任感。

这个性情热烈、豪爽的人,能够承认自己的问题和失败,尤其是经历了"文革"磨难的李準,已经年过半百,对于文学和世事的认识,有了更深的了悟,加上新时期开放的文学氛围焕发了他的激情、活力和幽默感,彻底为他松了绑。他更深刻地意识到,文艺"不是要脱离政治,而是要更深更高地同大的长远的政治联系"。

新时期文学复苏期,文学主潮是书写和反思"文革"创伤的"伤痕文学"和"反思文学",李準却把目光坚定地投向了历史——黄泛区难民的生活。书写这个过于沉重的大话题,意味着一个作家要倾注全部的精力。写下半部时,作者用了六年时间。也是生活和命运,选择了李準去写这本大书。用孙荪的话讲,"历史已为一个作家的出现准备了许多重要的条件"。

从《大河奔流》到《黄河东流去》,李準完成了他文学道路上的重大转折。

出生于洛阳下屯村(今属洛阳市孟津县)的李準,在14岁时就接触到了黄泛区的难民;21岁时,作为农村银行信贷员,到黄泛区给这些返乡的农民发放麦种和农具;"文革"期间,李準被打作"黑帮",在黄泛区农村住了三年多。农民兄弟没有嫌他"黑",没有把他当外人,还请李準这个"文化人"为死者写"祭文",一村传一村,李準写了几十篇"祭文"。每一篇"祭文",都连着黄泛区难民们的"家史"。在此期间,李準交了许多难民朋友。儿子李澈在《温暖的记忆》一文中说:"星移斗转,阴差阳错,正是父亲在农村住了三年多,熟悉了几十户农民的家史,积累了生活、感情、细节,才为后来长篇小说《黄河东流去》的创作,打下了坚实的基础。"

在《黄河东流去》"开头的话"中,李準坦诚乃至自责地表达了自己的创作愿望,"我决不再拔高或故意压低人物了"。李準从前半生创作的经验教训中走出来,决绝地要写真实。

从小说开篇的视点看,叙事人就是成千上万的难民之一,在其中感同身受。他以一个村民的惊恐感受,写出了大水到来时的气息:

到了黄昏时候,天空中忽然出现了奇异的景象。天忽然黄了!它不像晚霞夕照,也不像落日余晖,却像是一层几十丈高的黄尘和水雾弥漫在天空。接着狂风呼叫起来,这风也怪,它是从地面溜过来的,不见树梢有大的摆动,却把地里的麦子,路旁的野草吹得像揿住头一样直不起腰来……

"怎么这么大灰气？什么也看不清！"话音还没落地，只见从东北方向，齐陡陡，一丈多高的黄河水头，像墙一样压了下来。

李麦还当是云彩，天亮眼尖，他看到几个大麦垛飘在半空，就急忙大声喊："水！黄河水下来了！"

真是黄河之水天上来啊！面对这压顶之灾，村民全吓蒙了，乱哭乱跑，徐秋斋这个老人、智者，他喊李麦——带大家到村西沙岗上。他们向沙岗上跑着，黄河水就号叫着朝赤杨岗冲过来了。李麦让儿子天亮回村里找孤寡老人申奶奶，这个老人不想活了，天亮硬把她背到了沙岗上。她说："怎么活？逃荒，路走不动了；要饭，连只狗也打不动了！……"李麦擦着泪说："婶子，走不动路，我们背着你；要不动饭，我们给你要！"大水滔天，仁爱在。这个李麦，是小说中写得传神的女性人物，赤杨岗人称之为"铁老婆"，刚强、豁达、睿智、重情义。

村里的房子都泡塌了，一切都被吞没在水里了……这个夜晚，蓝五含泪拿起了唢呐，他知道乡亲们都快被愁苦憋死了！几个小伙子让他拣最热闹的吹，那热烈的唢呐声在大水和夜空之上响了起来！中原百姓还懂得这样活！还有凤英和春义的水上婚礼，结了婚才方便一起去逃荒，徐秋斋老人在沙岗地上主持婚礼："上有皇天，下有后土，新郎新娘拜天地！"这个时候，还能不苟且。

李準在和孙荪、余非三人的《百泉三日谈》中讲道,他作品中的人物大部分都有原型,"徐秋斋的原型是我祖父,其中也有我父亲、我,三位一体",李麦的原型是他母亲。因此,小说中的人物写得逼真,感情饱满。他还谈道,"中国文学太注意戏剧性情节了,真正意义上的自然主义,几乎没有"。《黄河东流去》表现出了难得的自然主义风貌。

黄河水三两年退不了,赤杨岗人的智慧头脑徐秋斋告诉大家:"能往西走一千,不往东走一砖。上洛阳。"赤杨岗人带着锅碗瓢勺、推着独轮车,王跑还牵着他的驴,大家扶老携幼、相互帮扶着,开始了一路向西的逃难。

富有影视经验的李準,采用自然主义的视角,让我们跟随赤杨岗人的足迹和目光,看到无数难民们经过村庄、小镇、码头、车站,到达古都洛阳、西安、宝鸡。从东到西,地跨两省,这是一幅史上罕见的巨型流民图!

他们扒上装载难民的火车,一路上只能在火车顶上生活,互相抱着、拉着、抓着、咬着,变成了一个整体。他们忘记了哪是自己的胳膊,哪是自己的腿。此时,他们只有一个念头:不要掉下车去。

为了躲避日本侵略军的炮火,火车常常不开,难民们只好走旱路西行。黄土大路上挤满了黑压压的人群,像一条黑色的河流,缓慢地艰难地向西流动着。

在这逃难的过程中,淳朴的赤杨岗人难免遭遇人祸——官、商、兵、匪、汉奸队,三教九流,各色人物,都在小说中出现了,如同真实的生活。

从时间上看,小说以编年史的写法,写了"逃难八年"难民的生活史:连续的灾难——1938年黄河水到来的夏天;1939年黑色的春天;1940年的大饥荒;1941年的蝗虫;1942年的大旱;水灾、蝗灾、旱灾,还有人为的祸害,黄泛区难民从这压顶的灾苦中走出来,1945年回到故乡。这整个过程,汇聚了难民的辛酸史与生存智慧史。

饥饿的难民感觉天空是这样的:"她太干净了,干净得像他们的瓷碗一样,里边一无所有。天空中不会掉下馒头来,白雪也不会变成面粉。过去天空曾经赐予过他们的阳光和雨露,现在对他们已经没有用了,因为他们已经失去了自己的母亲——土地。"

把天空和土地写到这份儿上,可见李凖心里真是装着背井离乡的流民,装着这悲惨的人间记忆。

饥饿让王跑学会了抓黄鳝技能,甚至在冬天,他也能在泥里找到黄鳝。可爱又令人心酸!逃难中,这些人物各显其能,如李麦说的"是鸡都带着两只爪,是人都长着两只手"。汉奸队抢走了王跑的爱马,徐秋斋居然用他算卦的本事,想出把蛐蛐放到马耳朵里等办法,帮王跑把驴钱赚了回来⋯⋯可谓悲欣交集,再苦他们也能找到活着的乐趣。李凖深知中国农民的坚韧、达观,他没有把苦难写成绝望。

难民们的生命伦理是再苦也要活下去,传统的贞操观念被打破了,如小说写到唱戏的爱爱,拼命打胎,李麦就劝爱爱的"糊涂娘","到了这种地步,还要讲面子?"同时他们又侠义、仁义地活着,人饿得像纸糊的一样脆弱,但乡亲们之间至死都相互帮扶着,如海老清发现郑四老汉饿死后,把狠心买下的一个烧饼放在他胸前,又替他把扣子扣好。"他知道郑四老汉是种了一辈子庄稼的人,临死应该给他个烧饼带着。……"

在阅读作品的过程中,让我震撼的还不是灾难,而是身处灾难中的人们身上迸发出的力量、仁义与爱,还有生存的智慧。

在李凖的小说和影视创作中,公认的最具特色之处,是他的语言艺术功力。李凖成名早,用他自己的话说,"开头跟的师傅高"。一代文学大师老舍、赵树理、茅盾、冰心等,都对他的小说语言谈过看法,这使他自觉意识到自己小说语言的特色,更有意识地收集研究和吸收中原农民的口语。他在《李凖谈创作》中说:"群众的语言是极丰富的。我现在已经五十岁了,现在还是小学生。……到每个工地,蹲的时间稍长一些,我就要交一个相当能说的朋友。……当他的学生,这个太重要了……"说这话的李凖,风趣可爱,他是个善于向各种师傅学习的人。

诗人、文艺评论家张光年在《黄河东流去》序言中,评价李準的语言"带有河南农村的乡土气息,而淘洗了过于生僻粗野的东西"。"在《黄河东流去》一书里,他机智幽默的笑声,却带有沉郁的、悲愤的音调。……这是带泪的笔,是深刻的幽默。"相对于描述性语言,小说中的人物对话最见精彩,黄泛区难民们大朴带巧的口语,质朴中带着刚强,乐观自嘲中带着辛酸,汇聚成如黄河水一样奔腾不息的生命诗篇。如他笔下的赤杨岗人说:"农民们的扇子是在大自然手里拿着的,白天在地里,顶着火伞似的日头干活,总有一股凉爽的千里风吹来……"评价家孙荪深入研究后,总结《黄河东流去》的整体美学风格是"悲中见壮"。

《黄河东流去》于1985年获第二届茅盾文学奖,可谓实至名归。更重要的是,一个作家的文学之根由此深深地扎在了故土苦难深重的厚土中,扎在了与黄泛区难民的命运与共中,也扎在了他个人的生命历程中。李準出色完成了对重大题材的书写,完成了对大历史的书写与记忆,也完成了"更深更高地同大的长远的政治联系",成了一位真正的书写中国经验的作家。

原文发表于《文艺报》2019年5月27日

小说家与乡土中国

——重读乔典运

关于新文学中的"乡土文学",1936年茅盾就有过很深的阐释:"关于'乡土文学',我以为单有了特殊的风土人情的描写,只不过像看一幅异域的图画,虽能引起我们的惊异,然而给我们的,只是好奇心的餍足。因此在特殊的风土人情而外,应当还有普遍性的与我们共同的对于运命的挣扎。"(《关于乡土文学》)这最后一句道出了乡土文学更深的指向,是内核和本质。乔典运早期也写过应时之作,但1980年代前后,他完成了蜕变,主写"应当还有"的对于命运的挣扎。

河南文学界,多称乔典运为"老乔",尊敬、亲切。遗憾的是我没有见过"老乔",在他离世的20多年后,他笔下的这帮农民兄弟——何老十、张老七们,却在他的小说里活着,让我独自笑出声来,揪着我的心,让我想哭……《村魂》中的张老七,仿佛就是我的20世纪五六十年代的父亲,在中原的天底下,挣扎着生存,却认死理,哪怕于孤境绝崖,也要遵循心中的礼数,和他认为的乾坤秩序。我的父亲不在人世也已三年了。我们的乡土父辈,已成烟云……文学就是企图留住这烟云的东西吧。多少年后,倘若有人想了解20世纪五六十年代的乡土中国,翻开老乔的小说,会发现有着村魂的乡土生活,幸运地被保鲜了,还在,还活着。

因为,老乔不仅仅写乡土故事,他更写乡土的魂,人们的活法,心里的苦楚,乡土社会的运作等属于文学本质的东西,他似乎不是为了描述,而是为了发现和批判。但他描述得那样活脱,故事和人物写得那样有趣,每一种都超出你的想象,和当前小说中大多都超不出你的想象、大多是同质的生活,完全不同。

老乔是个从幽僻低地走出来的文学高人!

老乔一生都在豫西南的西峡县,一个被称为"恐龙之乡"的地方,现在看来,老乔也像另一种化石——乡土作家的活化石。一个出了名的作家,可以一时"深入生活、扎根底层",但一辈子待在底层,就有些像传说了。因为这一代中国作家大多是通过写作,完成了从基层走向城市的过渡,完成了社会阶层的晋升,老乔出名早、实力强,完全也可以这样的。

都是人,老乔也动念过,向着都市和中心挣扎过。河南文坛的前辈领导人南丁先生,在《永远的老乔》忆文中写道,20世纪80年代中期,老乔曾一度想来省城专业从事创作,待最后让他拿定主意时,他又犹豫了。他终究还是离不开他的土地,他和他的土地不能分离。我在《乔典运文集》的"小传"里看到,他三次放弃了上调省城和广州的机会。关于老乔一生的风风雨雨,我在万千感慨中拨通了老乔生前的知己文友王钢的电话。王钢曾在《河南日报》主持"文艺版"多年,她的文友可谓后浪推前浪,可她多年来最敬重的两个作家朋友,其一就是乔典运。王钢回答我,老乔一生留在西峡,应是他感到:在家乡,创作状态是最自在的。他于此呼吸畅通,命运与共。

就这样,有着众多荣誉及头衔的老乔,就像福克纳待在美国南部邮票大的那个地方一样,执拗地选择待在了家乡——"高山(伏牛山)上的小井里"。在他留下来的不多的照片里,他那神态简直也是一个土生土长的农民,他一生一世伴着农民兄弟惶惑、苦楚、孤独的心,盯着乡村世态,一辈子狠狠地打一口文学的"小井",他在1980年代中期就清晰地悟道:"从这小井里,也能看到日月星辰……也能感受到四季更替……井水虽小,又没有狂风巨浪,但终归也是水,同样能反映出世间冷暖……"(《我的小井》)几十年观察研究一个地方,你就是作家中的专家、专家中的作家,评论界赞誉老乔为"半个农民哲学家和心理学家"。现在看来,这个叫着西峡的山乡,就是老乔认识中国乡土社会的标本,是他文学之海、人生之海中的定海神针。他在这里,成为一个真正表达乡土中国的小说家。

真是如老乔所说,"天不转路转"。2017年5月,在西峡举行的《乔典运文集》首发式上,评论家何弘幽默地说,老乔是"深入生活、扎根基层的典范"。另一个世界的老乔,听到他的乡党朋友这样表扬他,应是会心地笑着吧。

今天我们所说的"深入生活",多是以都市知识者的眼光去跟踪底层人的生活,追踪或研究他们的命运轨迹。时代变了,文学的神情也在变。老乔不是"体验",他的命运就在其中。身在其中,但他是反观生活,而不是陷于其中看。因此,老乔不仅深刻和深情,他还理性和睿智。今天的文学和今天的时代一样,有过度的信息和可操作性的技巧,但作品背后你很难找到一位如老乔这样能撼动你心灵的作家。

20世纪八九十年代,中国作家已经把西方文学的艺术方式借鉴了一遍,余下来形式的新意几乎难出,当然,形式从来都不仅仅是形式,也是感受世界的方式。走到今天,如果你深情肃穆地对待写作,面临的首要问题依然应是:如何真实有力地描述生活和历史?

在老乔的小说里,你看不到现代形式,但他的拙朴、他的善良、他生活的厚实,让他以绝对的经验取胜,殊途同归——

从乡土路走到了对国民性的审视和批判,抵达了现代理性的思考之境。

他的《满票》,是一个关于选举的故事,获1985—1986年"全国优秀短篇小说奖",这是当时的最高奖项了。小说的精彩之处在于:选举前,原大队长、老模范何老十,发下弘誓大愿,上千村民拍手叫好,相互约定,要选他当村主任。结果,他只得两票。何老十感到非常意外、羞愧、悲伤、憋闷,想不明白;村民们也一个个像做了亏心事,每一个遇见他的人,都用哭声、眼泪来表达心迹,说恩都报不完,还能不投票?似乎每个人说的都是真话。让何老十崩溃的是,他的儿子也说和儿媳一起投了他两票。只有他自己知道,这两票,有一票是他自己投给自己的。

用何老十儿子苦根的心里话讲:"社会都跑到哪一步了,你还死死拉住大家不准往前走,都不选你怨谁?"时代已进步,可何老十的心还在那个以穷苦为荣、无私无畏的时代,他还想把大家拽回那个时代。村民本着朴素的认知,总要选举让他们过好日子的那个人,代表时代理性和进步的那个人。

问题是何老十始终想不明白,自己哪错了,哪一点对不起乡亲们了?三十多年来,他一直吃苦在前、官清如水,"没捞过集体的一根柴火麦秸"……问题就在于,他迷失在一个时代的荒谬导向里。

这个何老十,绝对地效"穷","是穷的干爹",是那个时代"大公无私"的"典范"。他站在"公理"的绝对高地,以"崇高"和"公"的名义,做出各种无视人性的事情,又让对方觉得理亏。这种人,以愚痴地服从、过度地协助时代出演悲剧,如河南的大饥荒。

只有两票,可小说的名字叫《满票》,老乔真诙谐。除了何老十自己的那一票,另一票是谁投的?出于什么心理动机?谜底可能有多种。关键是这一票,给这个苦了一辈子的老农人——凄凉、悲伤、孤独、可怜的老队长,带来了感激涕零的安慰、雪中送炭的安慰。我甚至认为,这一票是作家老乔投的——投给这个在迷雾中苦苦挣扎的灵魂。这篇小说因此充满了百感交集的情感。南丁先生说老乔手中的笔"冷峻如冰、热情似火",我觉得这是对老乔文字最精粹的描述。

老乔还有一篇写选举的短篇《问天》,写一个选民的头痛事和放弃。多年来习惯于"只听不想"的三爷,第一次想大事——选村主任。他不知选谁,他很想知道"王支书"选谁,就去问王支书。王支书说大家选谁是谁,他以为王支书不信他,在哄他。他对上级心思捉摸不透,很气恼,也怕得罪人,索性选举当天一大早就带着全家人上山打野菜去了。由想到猜、到问、到躲,三爷已在老实胆小无措中磨炼出精明。这或许就是那个时代基层的民主生态吧。

老乔在另一短篇《冷惊》中,写了一个更畏惧权力的惊恐者。王老五天天担水种的韭菜是开春后的第一茬鲜物,自己没舍得吃一棵,却被支书老婆一声不吭割吃了。这个事事低人一头的老实人,以为是没名没姓的贼割的,心疼中就胆大地骂起来,后才知这"贼"是他最不敢得罪的人。从此,王老五就在哆哆嗦嗦、疑神疑鬼中等待,以为支书早晚会"炮制"他,结果真吓成了"心病"。王老五的老婆无奈中求支书"整他一回,救他一命",不然王老五在等待被整的自我惊吓中会疯掉的。被整后,王老五的病好了。真实到荒诞的心理疗法呀。真正的病根也许是:历次运动中,老百姓吓怕了。

在《村魂》中,全村人,只有年近花甲的张老七,绝对信任公社干部老王"比铁还硬比钢还强"的话,按"标准"砸石子,为了砸出标准,他比别人费力数倍,千锤万锤破命砸;这还不算,他看到别人都不按"标准"砸,心里又闷又气,几乎气病了。结果验收时,大家的都合格,就他的不合格。经过无数次打交道,村民和上级都知己知彼,对彼此的言行都打着折扣,折扣后的才是"标准"。可张老七做人没有水分,做事百分之百认真,才是不标准的。童年的我,也曾跟着像张老七这样执拗认理的父亲,愚公移山般地砸石子……

张老七多么渴望有一个做事的标准、做人的标准,可是时代生活在愚弄他。那个时代,乡村里这种老人不少,他们心中的古礼遇上一个假大空的时代,找不到对应,憋闷得很。从另一个角度看,张老七绝对信任上级的话——愚忠;而年轻的队长小亮是个明白人,他告诉张老七:"信不信(标准)不是目的,目的是修好公路。"张老七却把信任上级的话当成目的,当成道德判断。

小说的结尾,我觉得是作家的心愿,他希望社会进步。队长小亮告状那个满嘴跑火车的公社干部老王,告赢了,这时张老七已经不在人世,但全村人感到"村魂"又回来了。

老乔1980年代以来的小说,篇篇有深意。熟知老乔的评论家王鸿生,在1980年代末提出过老乔小说中的文化寓言性。所谓寓言,它的讽喻性和教训性是穿越时代的,这也是老乔的小说在今天读来不陌生、不过时的因由之一吧。评论家刘思谦曾凝重而叹息地写道:"乔典运在当代文坛上成为一个执着而清醒的现实主义者,也使他的创作超越了农民、超越了题材而具有了形而上的普遍的人文意义。"(《乔典运:随时提醒自己不要忘记》,《当代作家评论》,1994.1)

一个作家,他写很多人物,其实更多的时候也是写他自己,写他揪心的经验、对世事的看法和认知。

老乔的最后一部作品,是长篇自传未完成稿《命运》,那是他在病痛的折磨中,明知时日不多,给自己写的安魂曲。在《命运》里,老乔用自身的经历还原了历次运动的真相,以真实的细节呈现着那段荒唐的历史,留下了一个真正有良知的作家应该留下的。他写记忆中不能心安的那些,他写生性胆小软弱的自己,"一生中唯一一次打人,打的是老婆",原因是他发现老婆狼吞虎咽地吃着玉米秆,在公家地里折的"公秆"……这个细节,和《满票》里何老十打老婆的细节惊人地相似:饿得走路都走不稳的老婆偷了一点儿生产队里的嫩玉谷,何老十像疯了一样把手中的碗砸向她……这些细节让人心疼,如在眼前,因为他写的是他个人的也是普遍性的命运。老乔忏悔:"不叫老婆做贼,我却在做光明正大的贼。"——借"采访"之便,去各处食堂混饭吃;写跟风吹牛的文章:他的《王老汉游西峡》一文,因介绍了用木柴炼钢的"先进经验"而"加快了砍伐树木的速度,多少青山绿林,一夜间成为光秃秃的荒山。这经验不是我创造的,却是我用笔传播的,树木有灵也不会饶我"。自传只写到知青下乡,老乔就带着深深的遗憾走了。谁来续写、谁能续写这代人的命运?

王钢在《想念老乔》一文里记下,老乔在第二次大手术前写道:"人间什么都能让人接受,什么都可爱,老了,丑了,病了,残了,穷了,沦落了,这都不是丑,唯有假才是真丑。"

在老乔 1980 年代以来的小说中,一直都有一双审假的眼睛,关于人性和时代生活中的假。这种假,让历次运动和权力崇拜塑造出的那些愚忠的、胆小的农民困惑、无助、惊恐、迷茫,越挣扎越较真,就越悲凉。那种生存的悲凉和苦相,那种太实在的艰难与纠结,让人哭笑不得。同时,老乔也审视作为作家的他自己。老乔是能改写河南及中国文学中的现实主义内涵的一位作家。

写到这里,我有种释然。我虚无而荒芜的评论生涯,因写了老乔,心中多少有了点踏实。

原文发表于《莽原》2019年第4期

从此找到作为作家的那个自己
——重读李佩甫《红蚂蚱 绿蚂蚱》和铁凝《棉花垛》

隔了约30年时光,翻开这两部作品,我不能说自己是重读——初读铁凝,是她的"香雪"和"红衬衫",那时我还在读高中,还没见过绿皮火车,和香雪一样寂寞无助地憧憬着外面的世界,那焰火一般的记忆,让我疏忽了后来的"三垛"(《麦秸垛》《棉花垛》《青草垛》)。至于李佩甫,虽然十几年前曾写过他的评论,后来也跟踪读他的每一部新作,但聚焦的是他的"平原三部曲"等长篇。《红蚂蚱 绿蚂蚱》这样的中篇小说,被他的大部头作品挡住了。每部作品和读者相遇的方式及程度,很可能会受到时代大语境和个人境况的影响。

时光不再,心境亦非,我几乎是在羞愧中读完这两部作品。这羞愧感,多因它们唤醒了我心中久违的对于当代作品阅读的神奇感受,而我作为一个评论写作者,如果不是因《莽原》"经典回顾"栏目,很可能不会再细心溯读,很多读者大概也是如此。

一、这些在生命中磨砺出来的文字

这是他们盛年时的作品,《红蚂蚱 绿蚂蚱》(《莽原》1986年第1期)、《棉花垛》(《人民文学》1989年第2期),那时他们都刚30岁出头,恰置身于1980年代——文学的春天。从形式上看,这两部作品都是由若干个短篇或者说小故事组成的中篇,写的都是乡村的人物群像,这些人物独自成故事,又有着互为关联的命运,共同构成了那个乡土社会的生存图景。这种形式,适合早年的写作,难度并不大,现在的作者不少以这种形式写长篇,但类似形式下的品质却是千差万别。

首先是这两部小说里的语言,带着乡土的原汁原味,不是作者在说,而是土地上的人在说,是乡土的自然呈现。如《红蚂蚱 绿蚂蚱》的《选举》里,"一天早上,村里的钟突然敲响了,急煎煎地,很闷"。因为上级安排的任务是选"坏分子",队长舅敲钟时,心里急,"急煎煎地"。乡土词汇受乡土生活有限性的影响,尤其是饥饿年代,人们的感知总和吃有关。但这些词语又是作家李佩甫在乡土生活的逻辑里寻找和提炼出来的,带有他的语感和味道。

一袋烟的工夫,人们似把一生来所做的"恶事"都在心里滤了一遍,越思量越不敢看人……似乎越想越多,扯起彼笼乱动弹,沟沟壑壑都有错。

又过了一袋烟工夫,仁义些的汉子,重又把头扬起,把烟碎了,闷声说:"……我去吧。"

……

落选的汉子背着老镢到地里来了,总也闷闷地往西看,似乎觉得亏心,只有下死力气干活。那扬起的老镢一下比一下重……

极少的文字就把当时的人心真实地写出来了。

而后才知是队长搞错了,"队长那驴日的!上头叫一村选一个,他驴耳朵竟听成两人选一个!……""于是,欢声、笑声、鸡声、狗声,响成一团。"乡村生活的醇厚与滑稽可见一斑。

熟悉李佩甫的人都知道,他曾经怎样夜半游走于这个城市街头,苦苦地寻找他的语言,寻找他小说开头的那句话。

无论长短,都要写出生活的气象与千滋百味来。铁凝曾谈到她对短篇小说的态度:"我从来不认为写作短篇是营造长篇的过渡和准备。一些优秀作家的实践也早已证明了短篇小说的独立价值,比如俄国的契诃夫。即使在时代的物欲和功利色彩愈加鲜明的关头,即使在短篇小说常常作为陪衬和偿还编辑的'感情文债'的今天,我仍然特别愿意以短篇小说的方式磨砺自己的心灵和笔……那些技艺不凡的写作者却能够在极为有限的字数里创造出无限的可能性,以及意外、活力和美。因此短篇小说是一种挑战,也是一种诱惑……我看重的是好的短篇给予人的那种猝不及防之感……"(铁凝:《人生可能不是一部长篇小说》,《北京文学》,2003年第3期)

这一代作家,早期尤其看重中短篇小说的训练,在语言上特别懂得节制。他们把写作当成人生中最重要的事。

铁凝18岁高中毕业那年主动到农村去,她的这一选择契合了当时上山下乡的潮流,和大多数知识青年的被动下乡不同,她是怀揣着一个秘密和愿望——因为在她看来,要当作家就必须深入生活。如果不是几年农村生活的历练,铁凝肯定写不出《棉花垛》里的语言——脱去了知识分子书面气的语言,多是些短句子,呈现着乡间生活的秘密和节奏,自然、流畅,富于乐感。如《棉花垛》开头的文字:"紫花不是紫,是土黄,和这儿的土地颜色一样。土黄既是本色,就不再染,织出的布叫紫花布……紫花大袄不怕沾土;冬天,闲人穿起紫花大袄倚住土墙晒太阳,远远看去,墙根儿像没有人;走近,才发现墙面上有眼睛。"这细节描写!可谓花、土、人一色。如果没有特别的聪慧,即便是在农村历练过,也体察不到这种出神入化的程度。同时,小说里描述的农事常识,对于今天的年轻人来说,也比较陌生。

铁凝曾说,农村生活奠定了她某种坚固的人生态度,而不仅仅是文学态度。这应是对世事、对一个民族等更宏阔的理解吧。有了这种理解,再看什么就会有所不同。《棉花垛》及铁凝后来的小说里,一直有种温暖人心的东西,这或许来自她的心性,也可能来自民间的大智慧。

由于个人成长环境、禀赋及性别等的不同,同一时段、类似的题材,不同的作家写出来,也会有很大不同,这才是正常的文学生态。如《红蚂蚱 绿蚂蚱》和《棉花垛》。出于对创作个性的尊重,这里分开来谈。

二、《红蚂蚱 绿蚂蚱》为我们保存了一份乡土生活史

在文学越来越无力的今天,这篇小说又让我感到了文学不可替代的作用,那就是它保留了一份我们的生活史,一份鲜活的、有温度的生活史。在过度商品化、功利化的今天,我们缺失的、怀念的,恰是这篇小说里描述的醇厚的乡土情趣和乡土伦理。

1.《红蚂蚱 绿蚂蚱》里的乡土情趣、乡土伦理

作家能沉醉于自己的写作中,是幸福的。老一代评论家孙荪在《捕捉变化中的乡土精灵——李佩甫散论(上)》一文中曾写:"假如说李佩甫在小说创作的路上有过一次真正沉

醉,那就是写作《红蚂蚱 绿蚂蚱》的时候。这种沉醉渗透在他所描绘的乡村图画中。"

这篇小说以童年的视角打开了记忆的阀门,童年视角在今天已司空见惯,但对于"50后"的作家,在1980年代中期,能有这样艺术形式上的自觉,已属领先。此一时期,童年视角在小说中的成功运用,还有莫言的《透明的红萝卜》等为代表。这一代作家都有关于饥饿的童年记忆,这记忆在《红蚂蚱 绿蚂蚱》里,却伴随着令人柔肠寸断的温暖和慰藉,充溢着淳厚的人情味,素朴有趣。

"我"作为一个城里娃,捧着一个小木碗,一家一家地吃,吃遍姥姥的村庄。那时人们穷困但慷慨,如泥丸似的狗娃舅背着小垛儿般的草捆,躲过队长的搜查,在篮底藏了十几块没长成的红薯,呵斥走更小的两个馋舅,首先给我这个城里娃尝鲜物。在饥饿年代,在童年记忆里,一块红薯也可成为人间美味,成为眼睛里的神品。和"我"享有同等待遇的,还有"爹死了,娘嫁了"的娃儿国,"走哪儿吃哪儿,走哪儿住哪儿"。他是全村人的孩子——"村孩儿"。队长舅竟也怕这个没爹没娘的孩子,村里最美最辣的姑娘五姨也是百般呵护他。

童年的眼睛,看不清苦难,他看到的更多是想象力穿不透的另一种存在,也可以说是诗性的存在。

那时的云白净,天静静,地也静静,一切都有情趣,人心还在农耕文明中,商业大潮还没到来。譬如,《谷场上》,两个男人比垛场的场面,也是男人力量和农事技能的竞赛与展示。《绿嘴儿牡丹》中,五姨表达爱的方式,是连夜做布鞋,鞋底还绣了一对绿嘴儿牡丹……被全村人宠爱的"村孩儿"偷了饭馆里的钱,队长舅先是心疼地给他备肉包吃,接着还是狠狠地教训了他一顿,"你长这么大,见谁家丢过一根针?""是短你吃了还是短你喝了?这村里多少辈也没出过贼,你他妈做贼!"这就是当时的乡村,穷,但穷得硬气,有骨气,人心干净。

如果仅仅如此,即便是童年视角,是选择性的情绪记忆,也是不真实的、单一的,在这篇小说里,李佩甫已呈现出真实的多元的表达。

2.乡土命运及从乡土里成长出来的作家

李佩甫幼年生活在姥姥的村庄,大半生和河南农村有着千丝万缕的血脉关联,出自命运,以及天性的诚恳和艺术感悟力。他的小说,即便是早期的这部中篇,充溢着欢欣、情趣的童年场景,但也掩映不住悲凉的命运感,让读者在那些有趣的乡土情事中笑得苦涩。如瞎子舅的一生;五姨后来的认命,这个曾因下乡的演员做过一场爱情梦的美辣姑娘,梦碎后,"和别的乡下女人一样下地,一样生娃,一样牵了驴去磨面,听那磨响……"

在李佩甫不同时段的小说里,总能看到他写天压头地闷,因为困苦或负重,也因与外界疏离,乡村人的生活好似被"遮眼"了的灰驴,踢踏踢踏拉磨,一圈一圈地走,日子循环往复,给人的感觉就分外的慢。人仿佛被捆绑在土地上,默默地承受着发生的一切。或许可以说,这是农业时代中国农民普遍的命运。

从这部小说开始,李佩甫找到了他背后的大平原,开始清醒地把那平原作为写作的故乡。由此,他后来才创作出可称自己是中国作家的"平原三部曲"等。在这之前,他和其他中国作家一样,受到大量译介作品的冲击,在焦虑中,感到随"流"写作的没底。一个作家找到了写作的根基,并不断地开掘下去,他才可能成为一个不可替代的作家、一个厚重的作家。

在几十年的创作历程中,乡土命运牵着他的写作,他的写作也在为这乡土代言。他写被践踏的土地,土地上的人的命运:执着于土地—逃离土地—进入城市,不同境遇中的困境与心态。沿着他的作品,我们可以看到中国社会转型期农民的生存与挣扎史、奋斗史,看到中国社会的深层结构及运转规则。没有谁比他更坚守着这片土地。世事变迁,在文学书写中,他成了乡村灵魂的守夜人。像李佩甫这样从乡土里成长出来的作家,也应看作是乡土命运的一部分,恐怕以后也不会再有。

三、《棉花垛》里的乡村,和"50后"男作家笔下的不同

写这篇评论时,我居然调出了这几位作家的出生年,李佩甫1953年,铁凝1957年,莫言1955年,刘震云1958年。虽然之前也约略知道,但这些数字,还是让我感到吃惊:铁凝和他们基本是同时代人!这几位早年生活于河南及山东农村的"50后"男作家,都写过刻骨铭心的饥饿及苦难记忆,无论怎样虚构、怎样艺术化处理,那苦都是化不开的苦味。因为那曾是他们自己、他们的父辈、他们的乡亲命运的味道。相对而言,男作家写的是主流、显流,铁凝《棉花垛》里的农村生活,写的是支流、暗流。

《棉花垛》里,那贫瘠的农村,更像是人物生活的背景,那些人物尤其女性人物,心性不属于传统的乡土伦理。这种人物,在当时的时代,也许有,但应是极少,但作家就写这个极少数,或者写她所认为的可能的生活。

因为农村生活对于铁凝,是主动选择而不是必然的命运,因此,她写的农村生活有苦难,但没有苦难感。譬如,米子家境也穷,但她不是那种认命的女人,她懂得体己,于困苦中自我设计,"她要寻人,生儿育女,不愿意只带着一张穷嘴走"。她不种花,不摘花,不想让花碗儿刺她的手,她愿意男人看见

她的手嫩,她夜里钻男花主的窝棚挣花。米子性格爽朗,充满阳光的气息,她卖杂花给国他爹,也是理直气壮:"杂?是不是花?!"

彼时的农村,时代背景是模糊的,乡村的风俗是开放的,摘棉花的季节类似节日,夜里还有敲糖锣的"糖担儿",提醒你也在打扰你;糖担儿来到米子和明喜的窝棚,三人耍嘴斗智的场景,犹如一场戏,关于性与身体天然爽朗,似乎这祖辈传下来的看花的风俗,无可非议。

小说里写的人和人之间,没有毒气,没有怨气。如:尽管明喜叮嘱米子不许往别处去串,米子答应了,但该咋串咋串;明喜也发现了,但彼此问答清澈透明,相互的情谊都在言语里了。这时的乡村,有些人类童年乐园的味道。

随后,小说还写了乡村少年性启蒙的游戏——米子的女儿小臭子,和乔、老有玩过家家的故事等。似乎时光停滞,生命在懵懂中憧憬着……随着人物的成长,情节的发展,到了日本人实行"三光"政策期间,小臭子和乔上了地方上的抗日夜校,后来出于不得已,小臭子出卖了乔,乔因此惨死。令人想象不到的结局是:在棉花田里,国和小臭子身体性的沉醉之后,国突然的变化——二人之间突然由相吸引的青春男女关系变成了敌我关系,几乎让读者反应不过来。枪响没出声,"漫地里不拢音"。小说省去了很多笔墨,生者的心和死者的心,只能读者自己去揣摩。到此,方感前面的一切都在酝酿这一刻的到来,"革命"不允许任何理由的背叛,小臭子性情里欲望化的种子,和她母亲米子相似的那些,隐隐中导致她在特殊时期踏上了不归路。性情、革命、命运,在此碰撞在一起。这篇小说,也可以看成是写人性与隐秘命运的,尤其写革命年代这一意外之笔,使这篇小说变得不凡。这也应了铁凝对好短篇的看法——"给予人的那种猝不及防之感"。

作家对文学的理解有多深,意味着他能写到哪一步。"文学对人类最终的贡献也并非体裁长、短之纠缠,而是不断唤起生命的生机。好的文学让我们体恤时光,开掘生命之生机。"(铁凝:《文学最终是一件与人为善的事情》,《文艺报》2017年9月1日)小臭子的死,让人更感前面生命场景的美好。

谈及《棉花垛》,铁凝曾说,之前如《麦秸垛》的写作,有一种要证明什么的驱动,在当时文坛都在求变的思潮下,作者求变的愿望也很强烈,因此,在语言叙述上,可见雕琢和矫情的痕迹;到了《棉花垛》,写作心境就变单纯了,不想向外界证明什么了。(铁凝、王尧:《文学应当有捍卫人类精神健康和内心真正高贵的能力》,《当代作家评论》2003年6月。)可见,作家由《棉花垛》找到了创造性的精神自由,找到了写作中的自我,而不是被外界推着走。

在不同的时段,铁凝笔下的农村女子,既有相似也各有不同。如后来的《秀色》(发表于1997年),那个没水的村子,水被男人长途跋涉背回家来,是要上锁的。要说也很苦了,但给人的感觉是有力量的——村里最漂亮的两代女子,为了让技术员们留下来打井,直到出水,把水锁砸开,有些悲壮地献出自己洗净的身体,她们勇敢地、有谋划地改变命运。这些乡村女子,在伦理观念和世代生存困苦之间,心像明镜一样,首先选择了生存。精神气质上,她们更像是现代女子。

  不同于今天同质化的时代,在那个城乡隔离的年月,文化家庭、城市环境中成长的铁凝,和在困苦乡村中成长的男作家们相比,的确有很大区别,但他们在文学中表现出的孜孜不倦的耐心、创造性的追求和营建精神立场的信念,是相似的。

  原文发表于《莽原》2019年第1期

一部作品的精神气象
——写于李佩甫《生命册》研讨会之后

对于一部作品,谈文体、结构是必要的,谈细节、语言也是必要的,尤其是在作家们的文学观里,细节的真实与否、描写的成功与否,甚至是致命的重要。这些是属于文学内部的话题,是专业的话题,在文学被政治和庸俗的现实所绑架的时期,对于文学内部的回归,可以说是一种个性和精神的引领。但是,在今天我们这个普遍缺少底线和可信度的社会里,人文学界又被数字化技术管理和衡量着,学者的话题一方面与体制话题同构,另一方面应对着技术性的分析。在这种文化语境下,谈论一部作品,如果还想对我们的现实负一定的责任、离人类文学理想近一些的责任,首先还是要看它的精神气象。

李佩甫,这个名字下的作品,尤其是自《羊的门》以来,吸聚着中国文学界各类读者的目光。他的长篇新作《生命册》

在《人民文学》2012年第1、2期连载刊出,该书还未面市,就已受到数家媒体的关注。虽然不同的读者,心理需求不同,但都因他的作品具有现实主义的大气象而被吸引。在当代中国文坛,他属于极少数具有大责任、大情怀的品质型、厚重型作家之一。他属于土地型的作家,有着这个时代最缺少的也是最需要的诚恳与质朴,他广阔的心性带着他去发现和思考。他作品里那种罕见的描述和揭示,震撼着或者惊动着不同读者的心,乃至让人想起19世纪文学里的那个"现实主义",那种波澜壮阔像大海一样的气息,那种批判的力量,穿越一个世纪,并照耀到另一个世纪去……

自从"现实"一词,在生活和文学里丧失了信誉,我们不再好意思说出这个词。事实上,文学不面对现实还能面对什么?人性、内心等等,都是现实里的。

作为"平原三部曲"中的最后一部,《生命册》动用了作者或许是一生的储备,表达了他对这片文化土壤50多年的再认识。

几年前,我在《来自平原的声音——李佩甫论》一文里曾写:"一个作家找到了写作的根基,并不断地开掘下去,他就会成为一个不可替代的作家,甚至一个伟大的作家。""自20世纪80年代中后期以来,李佩甫清醒地把平原腹地作为写作的故乡……对于乡土中国的熟知,使他能够切入地表达土地上所发生的一切……沿着他的作品,可以看到中国社会转型期农民的生存史、奋斗史,看到中国社会的深层结构及运转规则。"

《生命册》依然流淌着"平原风格",与前两部作品《羊的门》和《城的灯》相比,写得更为从容、平和,那种饱含激情和锋芒的笔触,沉淀为一种化境,融在整部作品之中,那是一种阅遍万般世相后的深深的悲悯,带着温暖的也是透彻的凉意。

小说开篇第一句:"我是一粒种子。"定下了整部书的情绪和走向,接下来意味着要讲述这粒种子的成长、生长环境等。这是李佩甫的写作习惯,开篇定全局。

"我"这粒种子的成熟是在无梁村完成的,无梁村是"我"的土壤和背景,"早在十二岁之前,我已读完了三千张脸,吃过了田野里生长的各类植物,见识过了各样的生死"。乡间生活的情状,内化成了"我"的眼光、观念,和对这个世界的感知方式。

最初,"我"的乡村背景——"我"带着几千人的无梁村村民在城市生活,这使我活得极其焦灼、羞愧、疲惫不堪。因为"我"有良知和情义,就受着良知和情义的牵累与折磨。

这像是一个隐喻,我们国家在城市化、现代化的进程中,带着一个庞大的农业社会。"我"从乡村移栽到城市以后,生活的困顿、心灵的挣扎,也是我们这个时代带有乡土身份的人的普遍境况。

接下来,"我"跟随骆驼,踏上了这个时代的"欲望"号列车。骆驼是这个时代追逐金钱、欲望的典型代表,奋斗得很艰难,很会投机,有胆识、有手段。作者抓住了这个时代最严重的问题——商业化时代,我们没有标尺。人人都渴望越位,渴望靠投机成功……我们已经没有家园了。我们的"欲望"号列车有些刹不住了,危机四伏。

小说最后几句话类似警世醒言:"一片干了的、四处漂泊的树叶,还能不能再回到树上?""也许,我真的回不来了。"无论是外部还是人心,如果破坏得太狠了,也许就真的回不来了。

"在无梁,没有一片树叶是干净的。那是风的缘故。"这总结也许有些绝对,但更能看出作家的心理指向,他对时潮中的每一个人物都很心疼,用他自己的话说,就是"没有纯粹意义上的坏人,只有活在'环境'中的人"。他所批判的是人物背后的环境问题。

这部作品,作者将笔触更深地伸向了时代与人物命运的关联处。"我"的视角带出了"骆驼""老姑父""梁五方""老杜""虫嫂"等一系人物的命运。骆驼暴富以后自杀;老姑父为了爱情,放弃那个时代被女性仰慕的军人身份,却在家庭生活中吵了一辈子架;梁五方的才智、个性和干劲使他有着特别的生存能力，却在运动中成为众矢之的，后半生成为以上访为业的"流窜犯"；还有风流的知识分子"老杜"，在被批斗和嘲弄中，被改造成农民，后又随着政策变化进了城，但却被沿袭的生活牵累得成为一个废人……这些人物，在时代的潮流中，或投入，或迎合，或游离，或拒绝，但每个人的命运都没有走向努力的方向，而是岔道或逆向而去。是什么力量在冥冥中发挥着作用？

答案寓于深层的文化土壤中。这土壤挖下去就是黑洞，因为当代作家在此领域挖掘得太少。我们总是失望于此，失望于当代作家把笔锋伸向历史的深度不够。倘若把作家也当作身处这环境中的个人，你就会深深地感到，环境给他提供的很可能是负营养。这样讲，看似环境决定论，但这是部分事实。作家要付出更大的心力，不断地挣脱现实无形的捆绑，才能更进一步思考。

在《生命册》里，从"我"这个人物身上，能看到李佩甫对这个民族精神出路的思考。"我"总是感到背后有一双眼睛，让"我"有所禁忌，让"我"不敢把自己连"根"拔起，成为现时代的无根之人。总之，在关键时刻，"我"不会像骆驼那样越界，是土地背景帮了"我"，来自土地上的记忆、情谊总在提醒"我"，或者内化为"我"的本能与直觉，帮助"我"在滚滚红尘中形成自己的伦理判断，还有读书也帮了"我"，帮"我"不断地清洗与修正自己的人生。土地、渐渐消失的农业文明的微光,在某种意义上,牵扯着也滋养着这个人物的一生。在城市化的进程中,我们还是有诸多可能性的选择,像"我"的这种人生,起码没有与历史割断,农业社会里值得延续的东西还在"我"的身上存活着。这样,时代变革之际,很多东西才不会彻底断裂,才能免于造成混乱和无序。

这一点,是《生命册》对于中国当代文学的新贡献,即在中国独特的历史背景、文化背景中,寻找个体生活品质的可能性,寻找衔接历史与社会生活裂缝的内部精神。

补记:

2012年4月27日,河南省文学界召开《生命册》研讨会。最后,李佩甫说了三句话,其中一句是:"我已经到了不需要鼓励的年龄了",我相信这是真的。其实,在2004年,我写《李佩甫论》时就已经发现了。当时还没有网络,获得信息的方式还是靠纸质,我问他,收集的有没有关于他的评论资料?他摊开手,很歉意地说:"哎呀,没有。"事实上,关于他的评论有很多,只是他从没想起过收集。他没有提供给我任何资料,但提供给我了更重要的东西——让我意识到,这是一个无视外部关注的作家,这是一个用减法生活的作家,不是刻意而为,是天性和境界使然。我之所以记下这些,是因为,一个作家的性情酝酿和成就着他的作品。

那种生活和艺术一致的作家越来越少了。生活没有大气象,作品也不可能有大气象。因此,近年来,我无法忽略对于一个作家生活品质的记忆和考证。

原文发表于《莽原》2012 年第 4 期

一部经典,靠什么托起
——重读阿城《棋王》和田中禾《轰炸》

青年时代的阿城和田中禾,都是能看清时代潮流的人,在时潮中以独立者或旁观者的身份,也是一个真正作家的身份,清醒、理智地观察着时代生活,或者更多的时候,身在此时代,心向另外之境。观察和感受的角度,或者说生活的状态,意味着你选材和叙事的角度,及在这之下有没有更深层的直逼人心、超越时代的东西。

中国当代作家对现实的理解往往在社会层面上,对人性的理解也多是社会层面上的人性,这样,就总是离现实太近,文学艺术的气质出不来。借1980年代研究过作家创作心理的鲁枢元先生的看法,大意是:在你的创作中,有没有文学本身的东西?诗性?宇宙性?这个很重要。回顾田中禾和阿城的作品及创作生涯,让我感慨,如他们在描述小细节时,那种大历史的眼光,等等。

《棋王》发表于1984年,《轰炸》发表于1990年,都是改变当代文学风向的作品。这里依发表时间顺序来谈。

30多年后,再读阿城的作品,尤其《棋王》《树王》《孩子王》,感慨万千,那高度还在,一点也不过时!1980年代初,"三王"能够"横空出世",绝非偶然。

1980年代初,伤痕文学、反思文学是主潮,作家们多在表现"文革"造成的创伤性记忆,与共和国同岁的阿城,在这十几年中,遭遇的负面影响不比别人少。他的父亲——电影美学家钟惦棐被划为"右派",他高中未毕业,就辗转山西、内蒙古、云南插队。但是,他没有用同时代人的方式去写,他写的是与时代和文学潮流格格不入的另类。如《棋王》写一个于乱世中"游于艺"的奇人、"呆子"王一生;《树王》写肖疙瘩凭世代生命经验本能地保护巨树,与"改造自然"的知青们对峙;《孩子王》写一个老师靠一本字典,启蒙山里的孩子识字、改变写作文满篇套话的习惯,写出属于自己的那一个字。

这些小说人物,在大时代的生活中,都是草芥之人,但他们凭朴素的认知,对一个疯狂的时代做出不合时宜的或不合作的回应,面对一盘棋、一棵树、一群求知的孩子,他们心中有爱的热望。他们的内心一点儿也没有被时潮冲决和淹没。

在那个时代,作家阿城能意识到这些,真是高人啊!这也是"三王"独特的高度。

1970年代初,阿城写《棋王》时,并不是为了发表,因为没有发表的空间。1984年以处女作发表后,即获1983—1984年"全国优秀中篇小说奖"。随后又发表了《树王》《孩子王》。"三王"之后,在刊物的催促及个人的构思里,原本是要完成"八王"的,但阿城感到,"写过几篇之后,感觉像习草书(快),久写笔下开始难收,要习汉碑来约束。这也是我翻检我的小说之后,觉得三个时期各有一篇,足够了。其他的,重复了,不应该再发"。于是,中篇小说,阿城就呈现给了我们这"三王"。可见,阿城是个多么自律的作家。盛名涌来,他不趁热打铁,不在文学中积累声誉。既不为功名,也不为稻粱谋,他写作的精神血脉是纯正的。这一品质在当代中国作家中,显得奢侈而高贵。如王德威所言:"阿城的盛名是建立在少数作品上,而且久而久之,盛名成了传奇。"

少,但要真好,才能成为传奇。

我们就说《棋王》吧。《棋王》写得活力四射的地方,一是吃,一是棋。前者是生理性的饥饿引起,后者与饥饿有关,也无关。

小说开头,"车站是乱得不能再乱。成千上万的人都在说话",这时"一个精瘦的""孤坐着"的学生,"眼里突然放出光来",问:"下棋吗?"不由分说,就摆了出来。"你没人送吗?

这么乱,下什么棋?"他一边码好最后一个棋子,一边说:"我他妈的要谁送?去的是有饭吃的地方,闹得这么哭哭啼啼的。来,你先走。"在这乱成一片哭声四起的告别时刻,这个人这样,太有故事啦!这小说好读,有戏。

随后,我们得知王一生的家境很苦,他时常处于饥饿状态;列车上送饭时,他若心思不在下棋上,就稍有些不安。尤其拿到饭后,他"吃得很快,喉结一缩一缩的,脸上绷满了筋"。吃完后,"把两只筷子舔了"等一连串饿相细节,还有后来在农场里,大家一起亢奋地吃蛇肉等,都带着那个割资本主义尾巴时代的特征。不仅仅是生理性的饥饿,还有因食物匮乏而产生的精神上的恐惧。可以推测,王一生只有把自己埋在下棋里,才会安宁些、舒服些。因此,小说开头,他的话、他的状态,我们也就明白了——淡定里藏着更深的清苦;他的各种"反常"表现,正是那个时代的另一种真实。

同伴们喊王一生"呆子",因为他和同时代人不同,他的头脑好像不谙世事、都在棋艺中,到哪里都是寻找棋手。他的棋艺是"跟天下人"学的,尤其是跟捡烂纸为生的老头儿学的,"下棋不当饭""为棋不为生,为棋是养性,生会坏性……"他奇怪的言行,也给生活单调的知青们带来了新鲜、乐趣,乃至奇观。

重棋艺的王一生也是个认"死理"的人。如总场举行棋类比赛,王一生没有报上名,和他下过棋的脚卵,既为王一生说情,也为自己的命运打通关节,送了书记一副家传的明朝乌木棋,于是王一生有了参加比赛的资格。但嗜棋如命的王一生,却不想参赛了。

王一生说:"那是他父亲的棋呀!东西好坏不说,是个信物。我妈留给我的那副无字棋,我一直性命一样存着……倪斌(脚卵)怎么就可以送人呢?""我反正是不赛了,被人作了交易,倒像是我占了便宜。我下得赢下不赢是我自己的事,这样赛,被人戳脊梁骨。"

在他看来,下棋、为人,都要讲信义。

小说几次提到王一生妈妈去世前留下的无字棋。那是妈妈捡人家的牙刷把,磨的一副棋,用小布包包着,"一小点儿大的子儿,磨得是光了又光,赛象牙,可上头没字儿。妈说,'我不识字,怕刻不对。你拿了去,自己刻吧,也算妈疼你好下棋'"。多么艰难的生活,王一生都没哭过,用他的话说,"哭管什么呢?"只有妈妈的无字棋,在某些时刻,让他"绷不住"。

王一生不抒浅白的情感,但他身上存有一个时代撼不动的深情。

小说情节特别符合王一生的性格逻辑,他放弃了正式比赛,但他提出比赛结束后,私下找前三名比。结果是他一人和九人比。他们下明棋,王一生下"盲棋"。

那阵势和场景描写,是小说最聚笔力的地方。棋场上,"数千人围住,土扬在半空";王一生"一个人空空地在场中央,谁也不看,静静的像一块铁"。这就是"棋王"的气度!

"呆子"王一生身上还有着江湖侠气,他同意冠军老者提出的平手言和后,老人请他养息谈棋,他摇摇头说:"不了,我还有朋友。大家一起出来的,还是大家在一起吧。"成为"棋王"的王一生,从众人的围观里,回到可怜的日常里去,和朋友们一起,到礼堂台上去睡。

《棋王》不仅只靠题材、人物传奇打动读者,而且汲取了传统文化的古风古韵,如人性之真,做人起码的信、仁、义,以及拙朴的风趣,这些构成了阿城小说的风骨。王安忆说,阿城的小说"全是骨头"。

让我们笑出声的,是阿城小说的语言。这语言就生于古风古韵里,仿佛就为王一生这个"呆子"而生。

这语言,直接描述,白描、短句,一点儿也不绕。好像看准了,狠狠地夯下去。这是最要语感和功力的。

如《棋王》中,九局连环、车轮大战前,王一生"眼睛虚望着,一头一脸都是土,像是被传讯的歹人"。只几句,他痴的形象,就呈现在读者眼前,令人笑又令人疼。比赛结束,"王一生再挣了一下,仍起不来。我和脚卵急忙过去,托住他的腋下,提他起来。他的腿仍然是坐着的样子,直不了,半空悬着"。

这几个动词,狠、准地描述了王一生入棋太深、出不来的情状。

当王一生被问及,"假如有一天不让你下棋,也不许你想走棋的事儿"时,"他挺奇怪地看着我说:不可能,那怎么可能?我能在心里下呀!还能把我脑子挖了?你净说些不可能的事儿"。这都是些很普通的话语,却带着王一生的拗劲儿,拙拗又智慧,有野性、有蛮趣,又在理。可以看出,《棋王》是以喜剧的方式、令人发笑的方式来写苦楚的,让人笑得心里酸酸的,有些像契诃夫的戏剧。

写《棋王》时,阿城才二十多岁,为何他文笔如此老到?

看七卷本的《阿城文集》,方知一些答案。他书里书外的见识都不寻常,如他在邻居赵树理家,看到很多外文书,"长大之后,看他的小说文章,丝毫不提外国,厉害"。"就好像写诗,用典,不是好诗。"他下乡之前,读了不少古书,在《遍地风流》自序里,他说:"我永远要感谢的是旧书店。……我的启蒙是在旧书店完成的,后来与人聊天,逐渐意识到我与我的同龄人的文化构成不一样了。"他在家附近琉璃厂旧书店和古董历史间度过的时光,把他和同时代高大上的语境隔离了起来,这个被传统文化沐浴过,尤其受《史记》影响过的年轻人,他的眼与心,已经被文化、理性和历史点亮,和同时代人已经不是一般见识了。因此,他才能写出"三王"里的那种人物。在一个反常识、打倒一切的时代,这些人物身上的淡定、执拗、认理,让你看到漫漫黑夜里的那一点温暖和光亮,这才真让人想哭。

在文化断层的1970年代末至1980年代初,《棋王》的面孔的确罕见。阿城在《闲话闲说》中说,这《棋王》从世俗小说的样貌来看,有"英雄传奇""现实演义"的成分;从语言样貌来看,"话本"的变奏,细节过程与转接暗取《老残游记》和《儒林外史》,意象取《史记》和张岱的一些笔记。在今天看来,我还是很吃惊,暗叹一部好作品需要消融多少艺术精髓啊!

这样说来,《棋王》可真是一部典型的中国式小说,尤其是语言,闪烁着汉语言文字的灵光。今天我们回顾阿城的小说,也给汉语写作带来自信和启示。

但多年后,阿城怎样看这红遍不仅一个时代的作品呢?他在《棋王 树王 孩子王》的自序中说:"《棋王》写在七十年代初……虽然在学生腔和文艺腔上比'遍地风流'有收敛,但满嘴的宇宙、世界,口气还是虚矫。"在他看来,小说很怕有"腔"。他谈起自己的写作时,类似显微镜下盯问题。回顾自己的小说创作,他从来不在当代文学的域内来看,更不在自我的荣誉中来看,而是在世界文学史中来看。他认为,发表《棋王》时,因为我们的文学生态"是水泥地,你一寸高的草大家已经觉得很高了"。"我们现在缺很多东西,有人说你那个《棋王》写得真好的时候,我就知道现在草还没起来,还在看我那半寸高的草呢。"说这话的阿城,分明是站在人类文明的立场上。一个作家,知道了天高地厚,才知自我在哪里,才会理性、客观地说话;他写下的文字,也才有重读的价值,有穿越时间的力量。

田中禾这位作家,是另一种文学气质。

作为河南作家,田中禾不在河南文学的传统中,即关注现实和乡土命运,他更倾向于诗性和人性的表达。作为中国作家,他也不在潮流中。1980年代,他也曾写过农村初遇商业大潮时的骚动与困顿,如《五月》,还获了1985—1986年全国优秀短篇小说奖;《明天的太阳》被评论界聚焦,命名为"新写实"。如此,这个作家可以一路火下去,但他很快从乡土命运和"新写实"中退出,和当代文学主潮拉开了距离。因为,他写作的定位不在这里。他不应时应势,而是应心,用他自己的话讲,就是"避开别人,冲破自己","不以重大社会主题使自己风云际会"。

田中禾和他同时代的很多作家不一样,他同时代的很多作家,经由写作,改变了自己底层的命运。田中禾却是逆行,从兰州大学中文系退学,把户口迁到农村,专事写作。年轻气盛时,要纯粹,不妥协,这种人也许并不少见。但随后二十年,曾有着诗和幻想的田中禾面朝黄土和艰难世事,在农村、在县城,当过流浪汉,跟过剧团,办过小工厂,可是"体验"够了生活！他依然初心未改。在这漂泊的二十年中,他完成了对外国文学的系统阅读,当然这阅读是在夜晚,白天要参加生产队劳动或干别的谋生。这为文学的人生,而不是为人生的文学,奠定了他的审美基调,而不是现实基调。

一直到今天,作家田中禾仿佛从来都没生活在河南这片现实性的土壤中。他的脸上,从来都充满着活力、柔情和自由的气息,无论是苦难还是岁月,都没有在这张脸上留下本质性的痕迹。一个作家改变不了庞大的现实,但现实也改变不了他心中的幻想和面对世事的神情。这个性情化的作家,始终没有被现实化。这在以现实主义为生活和写作基调的中国作家中,已经少见了。

更多的作家从内心到神情,都被现实化所同构,乃至败坏,这个现实包含两重意思:一是现实主义的"现实"。与现实过于贴近,带给读者的是与现实平行的眼光。这属于一个作家的认识问题,与他的人生阅历、知识背景等有关,是可以理解的。另一个是写作的功利心。写作的主题迎合文坛的江湖潮流,或者商业化潮流等。这种写作造成的是文学软环境的败坏。我们总是感叹,中国作家的创造力随着年龄的增长而消退,而西方作家到了八九十岁,依然能有写作的巅峰,其原因或许是:外部动力会随各种因素的变化而消失,内部动力则会持续一生。

田中禾退休以后,连续推出长篇新作《父亲和她们》(2010)、《十七岁》(2011)、《模糊》(2017)。在我的了解里,退休以后的田中禾,更是与文坛的各种游戏规则、与城市的各种交际无瓜葛。

2006年暑假,我带女儿去鸡公山,田中禾和墨白两家住在武汉军区疗养院18号,房前有棵苏童小说里的枫杨树,更像是北方的千年冲天古槐,在凉台前坐着,满世界的绿和云雾涌到身边。田中禾说,在山上写作的感觉不一样。当时他正在写长篇,就是后来我们看到的《父亲和他们》。山上没有周末,只分白天和黑夜,白天他们在室内写作,晚上大家一起在星空下散步,在大东沟悬崖上看月亮升起,那流云飞月、此生此世似乎都已随之而去;听只有在夜晚才能听到的林涛声,风掠过一道道峡谷山峦,掠过万顷林梢,发出雨声一样的风声。山峦如川,逝者如斯。田中禾一遍又一遍地提醒我:"每年,你要带孩子来山上、来自然中住一段时间。"

田中禾这个作家,懂得世间的真美在哪里,懂得作家应该过怎样的生活。因此,他的写作,他创造的巅峰会持续一生。

在此角度,可以明白些《轰炸》为何这样写。小说没有直接写当年日军轰炸河南南阳一带的血腥场面,那不是田中禾的风格;他写的多是轰炸缝隙中人的感受。如:恐怖之夜,听到的地籁之声,"田野掠过一阵细碎的响动……大地仿佛在松松散散的傍晚深深地呼吸,万物都在萌动,呻吟";"死也罢、活也罢,都不能不说这天空、河水、旷野、清风是这般可爱,阳光下的村落、土地、庄稼是这般明媚"。轰炸的大毁灭中,人看到一切活着的事物,都会觉得美好。他写人拼命地活着,"这样荒乱的年月,哪个男人都像强盗一样,抢,拼,恨不得把太阳月亮都摘下来摁进自己篮筐里";想正常从容地活着,"别忙,让我也像赶集的人一样从从容容把碗里的汤喝完……"写乱世中人对活着的感知和渴望,是以审美的方式,来拒绝战争的。

田中禾曾说:"我有我的美学原则。我的写作一直自觉地站在人性立场,注重形式创新和语言境界,把美放在第一位。"

和同时代的作家相比,田中禾拥有少见的思考的能力,而不仅是讲故事的能力。这与他的审美人生有关,与他提前完成的系统阅读有关。

一个能以审美的眼光观察现实,在世界文学的背景中看写作的作家,才有可能产生思想。他在访谈录中也讲:自己"以世界经典为审美标准,创作中没有出现转变观念的痛苦过程。……从不跟着主流风气跑"。

因此,田中禾总能自觉地把握自己的创作方向,而不像一些作家处在被影响的焦虑之中。如20世纪八九十年代很多中国作家都被马尔克斯和博尔赫斯等冲昏了头脑,田中禾提起的却是另外一些作家。1990年代初,我因写他的评论,与他有过几次交流,记忆最深的是他向我推荐显克微支的《灯塔看守人》。显克微支,这个1905年获诺奖的波兰作家,因其小说的史诗风格被誉为"达到了艺术上绝对完美的地步"。在《灯塔看守人》这篇短篇里,一位一生过够了流浪生活的波兰老人,在海、天、灯塔、岩石和孤独中,得到了一种"伟大得"几乎像半死那样的休息。有一天,神秘的呼唤随海浪突然来临,他收到了一个邮包,里面有本波兰文的诗集,老人号啕大哭起来,并因此失去了看守灯塔这份他曾渴求的宁静工作,怀里揣着这本书,又踏上了新的旅程。我年轻的眼睛,看到文字的魔力、故乡的气息,像台风眼一样,把一个人从实际旋向幻想。

因为,这篇小说里有和作家田中禾心性里特别呼应的东西,他才会那么喜欢。

田中禾在每一个时段的写作,都表现出独立思考的倾向。一个有思想力的人,才能在现实的流程中、生命史中看现实,以审美的、艺术的眼光看现实,而不是从某个片段看现实、以现实的眼光看现实。

如他写于1980年代末的《落叶溪》系列短篇,在今天看来,依然有新鲜感,因为他写美的事物,在时光中的伤逝或毁灭——几十年后,一个少年眼中的世界,水滴一样消逝在尘俗中,激情和幻想不再延续,他在虚构中寻回这一切。

出版于2010年和2011年的长篇小说《父亲和她们》和

《十七岁》里的那个"母亲",是一个有大爱的大善人,她的智慧和生活谋略也都出于此。无论在何种境地,她从不失尊严和美的风范,在现实和时光面前傲然而立。尽管她自己的命运很不幸,但所有亲人的日子靠她才能维持下去,在劫难中获得出路。这样一位母亲,会引导一个孩子带着孤傲、自由,穿透红尘,向爱着这个世界的方向而去。这个"母亲"形象出现在田中禾的很多作品中,有些自传性质。

在《轰炸》这样的题材中,表现生命之间鲜活的爱,这在中国当代作品中是不常见的。如小说开头,那个蹦蹦跶跶、一跛一拐的小拐子,在太太面前,和另一个孩子野野地争辩着自己长大了;小说后面,写到小拐子死了,"是日本人的机枪子弹打穿了他的心,他的血殷红殷红渗进沘河岸边的泥地里。小拐子,小王八蛋,你死去的样子还这般生龙活虎"。这是太太小芝的语气。一个鲜活的还没来得及经历人世的小生命,就这样死去了,死去的样子还这般生龙活虎!这是对于战争之残酷的更逼人心的描述。这种以艺术表达现实,而不是以现实表达现实的方式,很值得青年作家学习。

《轰炸》能从历史的长河里来看战争和人世,写出生命野草一般的活力,"死了人,还会有更年轻更漂亮的人长起来。西河码头和杨家楼口照样会挤满少男少女"。非理性的战火总要消失,这个世界总要恢复其宁静和秩序。作者的眼光,不在社会的层面,而在历史理性和人性的层面,因此,这样的题材才能写出新意。

匆匆浏览,可能会觉得这篇小说受西方意识流的影响,属于20世纪八九十年代中国作家对西方文学汲取阶段的风格。但仔细读读,会发现它的汲取已经融汇在了小说故事肌理中。因为轰炸中,逃命的人们,讲话可能就是忽东忽西的、不连贯的;昨天还活着,今天就死了,每一刻命运都不堪把握,都可能被炸死。因此,人的内心、眼光、感觉都可能是错乱的,都可能和平常不一样了。这本身就是意识流。

田中禾说:"我在观念上是先锋的,形式上不追求先锋,更注重以西方现代叙事艺术融入中国传统叙事,创造一种植根中国文化的现代叙事方式。"

可以说,《轰炸》是以意识流的方式在叙事,但语言又是地道的河南民间味,"乖乖,有这么多铁鸟。……奶奶的!下来!下来咱们对拼!"当时家乡的人们喊飞机为"铁鸟",对于从来没有坐过飞机的他们,那是陌生之物也是神奇之物,这日本人的飞机,更是狰狞的怪物。这些语言都生机勃勃地呈现着难民们的风趣和血性。田中禾这个作家,一生都在向最优秀的艺术学习、向民间学习。

原文发表于《莽原》2019年第3期

文学的影响力,如何穿越时代
——重读王蒙《春之声》等和张宇《乡村情感》

在更为广阔的时空中,梳理这些作品的来龙去脉,看清那一时段的文学生态,亦是看清国家、时代与作家个人命运的关系;同时,写作的你我如能从中得到启示,发现某种理解自我、文学或世界的方式,这也许就是重读带来的意义。

王蒙的《春之声》,发表于 1980 年,荣获当年的"全国优秀短篇小说奖",《坚硬的稀粥》发表于 1989 年,荣获《小说月报》"第四届短篇小说百花奖";张宇的《乡村情感》荣获同届"中篇小说百花奖"。这些奖项在当年都是国内文学界最具影响力和信任度的奖项,可见这三篇小说在当时被认可的程度。现在抛开这些过往的声誉,我们仅仅看作品本身。

一、在当时的时代环境里来看

如果不把作品还原到当时的情景,就会误判,会不客观。

王蒙的《春之声》发表于 1980 年代初,他敏感地捕捉和描述了那个时代生活的气息。这一时期,社会各阶层的思考大致表现为两个方面,一是在与过去年代("文革")的决裂和对比中,来确立未来的道路;再是反观"历史",做出发问和思考。人们对于思想戒律的怀疑、质询和冲决思想禁区的冲动,形成一股巨大的潜流。随着思想的解放,中国社会的政治、经济和文化状况,也在发生重大的变化。这种变化,给一个民族带来了春天般的希望。

这篇小说,在一个很短的篇幅内,描写了主人公岳之峰在一个闷罐子车内的所见所闻、恍惚的记忆与想象、现实与内心的交错互映等内容,传递出非常丰富的生活信息。出国考察归来的岳之峰,接到了 80 多岁的刚刚摘掉地主帽子的父亲的信,决定回一趟阔别了二十多年的家乡。为什么二十多年没回过家乡呢?他曾回去过,"一次就够用了——回家待了四天,却检讨了二十二年!"二十多年之后,他走向的故乡是——母亲的坟墓和正在走向坟墓的父亲。仅此命运和感受,足以悲凉!然而,整篇小说中,却洋溢着一种春天的旋律——重生、追赶,每个角落的生活都在出现转机,充满希望和活力。

这希望和活力,以那个抱着孩子、膝盖上放着录音机在学德语的妇女为代表,她经历过风霜仍年轻又清秀的脸,她顽强的、低哑的、不熟练的跟读声,在岳之峰的印象里,覆盖了闷罐子车内污浊的气味、满目的破烂寒碜、拥挤不堪以及盗贼的骚扰等一切不堪的现状和喧嚣,而成为主旋律。

闷罐子车里传出的"春之声","那一节装有小鸟、五月、烟草花和约翰·斯特劳斯的神妙的春之声的临时代用的闷罐子车",可以说是当时中国社会的缩影。

这篇小说开1980年代初意识流小说之先河,以自由、灵活的意识流手法,表现出了新时期之初人们精神生活的饱满度和喷涌的活力。

像王蒙有过这样人生经历的作家,可以说与国家命运同甘苦,加之他的智慧和才华,他更有观察、把握和预测大时代生活风向的能力,自觉承担着知识精英的使命感,思考着国家的前途和民族命运等宏大话题。因此,他的小说没有当时"伤痕文学"和"反思文学"中普遍存在的感伤情绪,而是努力从混乱中寻找生机、寻找建立新秩序的可能。

如果说《春之声》是避免了伤感情绪,看到春天般希望的作品,《坚硬的稀粥》则是寻找和建立新秩序的作品。

《坚硬的稀粥》以戏谑、夸张的寓言叙事风格,写一个四世同堂的大家庭因膳食改革而引起的一系列事件,其格局和逻辑类似于一个国家的事务。这个家庭几十年来日常生活的规矩没有变化过,随着新风新潮的不断涌来,这个家庭也在发生着变化,主要体现在餐饮改革和选举管伙食的人。这个家庭,在中餐改西餐的过程中,闹出了一系列荒唐事;选举中,也渐渐趋于理性和实际。折腾了一番之后,又不得不恢复以往的饮食模式,"我们饭桌上摆的菜肴愈来愈丰富多彩和高档化了……即使在一顿盛宴上吃过山珍海味,这以后还要加吃稀饭咸菜。观念易改,口味难移呀!"意味着一切新潮,如果不适合自己,不切合实际情况,都不可生搬硬套。当然,这样总结,会漏掉小说的趣味性、生动性,也简化了小说的丰富性。

1980年代,文学在整个社会生活中起着引领思想和启蒙的作用,带给人们的信息敏感度甚至超过新闻。《坚硬的稀粥》在当时引起广泛的关注,多半因素应是在此角度。作为作家的王蒙,似乎一开始就和时代生活裹挟在了一起,他发表于1956年的短篇小说《组织部来了个年轻人》,成为当代文学中反官僚主义的开山之作,在当时引起轰动。他在1980年代的创作,也带有鲜明的时代生活印记。

由这两篇短篇,尤其是《坚硬的稀粥》,可以明显看出王蒙式的语言风格——夸张、机智、幽默、滔滔不绝、毫无倦意的叙述。你不得不佩服他在叙事过程中的享受,这是有语言天赋和相应智商的人才可能有的享受。同时,你也能感到他在叙述中的那种智力优越感。至少在这两篇小说中,带给你的感觉是这样。他在大局之上思考,不纠缠个人情感,表现得清醒、理智、大气磅礴。你不得不叹服这个智者!

二、时过境迁之后

时过境迁之后,于今天的视角,我们到底发现点什么?也许这是更重要的。20世纪最有影响力的历史哲学家之一——克罗齐说:"一切真历史都是当代史。"事实上,随着时代的变迁,写作文学史的人,其认知也在发生着改变,文学史也在不断被修改。我们的阅读与判断,也在参与着广义的文学史的修改。

王蒙的这两篇短篇,包括他在1980年代及之前的创作,在当时以及之后引起强烈关注的主要原因,大概是因其对时代生活或政治生活敏锐的感触、把握和描述,加上他对现代派表现手法的创新使用。当然,这些是由一个作家的阅历、学养、思想力和敏锐度来做支撑的。但是,无论怎样,当时代情景消逝,作品里所描述的生活成为过往,或已被生活验证,这种作品的阅读张力就会锐减。艺术手法是重要的,但不是首要的。那么,对于一篇文学作品,首要的是什么?

我想应该是：多少年之后，它还能触动人心。

譬如，在作品里，你能看到作家面对的是有心理难度的写作，他的灵魂在其中挣扎，他述说出这挣扎中的心理真实；同时，他努力发现人的精神和现实深处的可能，他挖掘的是人性里的光，能够支撑人们有尊严地活下来的那种生活，而不是时代生活中的社会性层面。

可以说，张宇的《乡村情感》，就是这样一篇作品。

二十多年后，这篇小说里的生命感——人向活着的挣扎，挣扎中的通透和豁达、热血和悲凉、欢乐和苦楚……那来自内心的情感和力量，依然能够点燃、触痛我不再年轻的心。

这篇小说带着从乡村走出来的那一代作家共同的情感取向，即在他们的早期创作中，表达着作为一个城市人的无根感，在回归乡土中，寻找情感和生命的根系，也是寻找自己在城市生活和文学中的精神立足点。《乡村情感》可谓是这一类作家作品的代表作。

《乡村情感》里，自始至终有种醇厚的悲凉的苦楚。写这篇小说时，张宇将近40岁，虽然字里行间也可见张宇式的幽默，但和20世纪80年代中期写《活鬼》的那个作家张宇及其后被人称为"活鬼"的张宇，带给人的印象很不同。这篇小说里，有种朴拙的情感，属于"山里娃"的那种执着，而不是"活鬼"侯七一般的狡黠、机灵。写于同时段的中篇小说《没有孤独》，可以看成是《乡村情感》的姊妹篇。《没有孤独》中，在那个一生都在抗拒平庸、幻想从事科学研究的人物鲁杰身上，亦可见这种朴拙的情感。很多时候，我们潜意识里会把一个作家和他笔下的人物及情感取向关联起来，至少我们会认为，你关注的是这些，你的心和他的心相通，你才会把他写得这么活灵活现。至今我依然不能完全排除这种关联的合理性，但细读这篇小说之后，我发现先见和定见很可能影响了我们对于张宇多面性的认识。

2013年，张宇出版了《对不起，南极》这本思想和忏悔之书。不知以后张宇还会出什么样的书，到此为止，我们又看到了那个悲悯、严肃地思考着的作家张宇。中间一些年，那个被人称为"活鬼"的作家张宇，体验了一把大手笔的生活——叱咤风云于建业俱乐部，并以长篇小说《足球门》画了一个作家该画的句号。

回到《乡村情感》，那醇厚的悲凉的苦楚，来自乡村人悟透了生死，并以热血迎接着死，创造着死前最大的爱和可能。

麦生伯得知自己得了癌症之后，笑着说，"这病别人能害，咱也能害。反正不害这病害那病，都是死"。从县城医院回家后，麦生伯就开始亲手做棺材，后来由于体力不支，就交给了匠人做。从匠人卖力气的态度——他们还刻了木花，前边刻龙，后边刻凤……能看到麦生伯的人格魅力，同时也可看到他们在认认真真,甚至热血倾注地为死亡做准备。

"爹"见到麦生伯,会把脑子里的东想西想都扔掉,拉弦唱曲,"麦生哥,你也快死了,今夜黑儿咱们两个再要要,唱也唱不了几回了。你这腿一蹬眼一闭,我找谁要去?"麦生伯兴奋起来,"我就是想听你唱,咱死也落个快乐死"。一说一笑,生死在他们心里一下就淡了下来。唱完之后,爹还是要帮麦生伯实现那个重重的心愿,即尽快让自己的女儿秀春嫁过去,让麦生伯亲眼看见儿子结婚,这在乡下可是大事。这些暂且不说。

要说的是张氏家族的老族长,言行中的古风和气派——"如今麦生贤侄患了绝症死在眼前,树声侄敢送女过去,不避血灾,这是大义。这才像我姓张的门风,舍生忘死"。婚礼这一天,老族长坐着马车亲自护送,"离郑家疙瘩一里远的地方,我们受到了家族历史上从来没有过的热烈欢迎,浩浩荡荡的郑氏家族竟然迎出村外一里之远。先听到地动山摇的礼炮声,那是一排三眼铳,接下去是鼓声,再接下去是鼓乐,一排五杆金唢呐同时吹响,老年人一看就明白,这是动了老礼"。"老族长马上让停住马车,从车上下来,一路拱手还礼,步行入村。"两个家族相互被真情撼动,以古风古礼,表达着厚道、情长。这一幕乡村情感的高潮,令人落泪。

对于麦生伯这个重义的人,乡村人竭尽所能帮他完成最后的心愿,让他有尊严地、在被关爱中离开人世。早年丧妻,缺乏温情陪伴的麦生伯,"听到儿媳妇叫爹,亲口尝了儿媳妇给他做的饭,还给老族长磕了头,麦生伯死得很满足,离开这个世界时脸上还带着微笑"。也许我们曾经认为这些太传统、不够现代,但在乡土文明丧失的今天,乡村伦理秩序被商业化大潮裹挟的今天,这种乡村的情感、道义和德行恰恰是我们要寻找的。

在越来越快速、越来越功利的时代生活里,我们失去的那些有温度的生活,在文学作品里保存了起来,这也许是文学存在下去的理由之一吧,或许也是文学能够穿越时代的缘由。

在艺术手法上,《乡村情感》以语言的艺术取胜,没有现代形式的包装。这篇写乡村情感,又以现实主义手法来表现的小说,以其自然地道、富于韵味的山民语言,让人感到语言的艺术亦是最好的形式,可以超越时光。这种语言表达着一个年代的山河岁月、古风古谊和人们的生命状态。如:"爹常说牛是庄稼人半个江山,虽不会说人话却通人性,也是家里一口子,要以心换心。平时犁地赶车,爹手里的牛鞭子总爱在空中绕来绕去,轻易不抽在牛身上。""爹"手里的牛鞭子总爱在空中绕来绕去,这一个细节,就把"爹"这一代老百姓对于耕牛的爱惜写活了。在今天这个生态被严重破坏,人和万物相体恤的关系被金钱所取代的时代,小说中诸如此类的细节,足以令人怀念。他写麦生的哥——郑麦旺看到老木匠的厚礼,"庄稼人不会花言巧语,只有一颗血疙瘩心,不习惯握手,郑麦旺伸出双手抓住老木匠的两只胳膊,用劲地捏着,什么话也说不出来,只有眼泪点点滴滴往下掉……"可以说,张宇写什么人物,就是什么人物。而在不少作家笔下,不同的人物,只是名字不同而已,却像是同一个人在说话,那是作家自己在说话。

张宇的这篇小说,让你感到语言就是小说的血液,是比艺术形式更为内在的小说元素。这样讲,并不意味着可以忽略小说形式。当我们循环了几圈之后,发现文学的核心依然应是:有人性之光或强劲生命感的生活,和漫漫人生里结晶出来的语言。

原文发表于《莽原》2019 年第 2 期

书写城市文化的范例

——重读陆文夫《美食家》

在文学史和生活史中,才能看清一部作品的来龙去脉,看清它对于一个时代的意义。

陆文夫的《美食家》,出现在它最该出现的时代——禁忌已打开,但生活尚匮乏的 1980 年代初。由于十年"文革"对日常生活细节和审美的破坏,人们和世间美味隔绝已久。这时作家们大多都在写"文革"造成的创伤性记忆,即伤痕文学与反思文学,《美食家》写的却是市井生活,一个以吃为全部生活的人——朱自治,他的好吃、会吃,吃得执着,吃出了文化,也吃出了人生的悲喜剧,终因好吃成精而被封为"美食家"……这样一部作品,让人们重新感到生活熟悉的诱人的气息。

如果《美食家》诞生在今天这个餐饮业过剩的消费时代,这个人人都懂点美食和养生的网络化时代,它的文学意义和被关注的热度,恐怕都要大打折扣。后来,连陆文夫本人都感慨:"一股吃喝之风在全国兴起,使得我这个曾经窥视过美食天堂的人也瞠目结舌。"有的作品属于所有的时代,如鲁迅的作品;有的作品有它最好的时代,如《美食家》。《美食家》在1980年代初的出现,意味着中国文学从政治化、社会化生活重新回到"人学"——人性、人的命运的大方向上来,开启了文学中的生活化时代,人性的需求和个体生活在社会历史当中被尊重。

因此,《美食家》一发表即引起轰动,获1983—1984年"全国优秀中篇小说奖",1985年由上海电影制片厂改编拍摄成同名电影,随后被译介到很多国家,广受海内外读者的喜爱。2018年,又入选"中国改革开放四十周年最有影响力小说"。《美食家》也奠定了陆文夫的文学史地位,成为他创作中难以逾越的巅峰。

一方水土养一方作家。老一代作家中,几乎每个作家也都有属于自己的地理环境,如《美食家》属于苏州这个集园林、美食等诸多文化艺术元素于一体的"人间天堂"。你难以想象从乡土生活走出来的老一代河南作家会写出《美食家》这样的小说来,"美食家"这样的题材,对于他们来讲,太奢侈也太遥远了,他们一扎笔就会写中原农民的悲苦命运,远者如李準的《黄河东流去》,近者李佩甫的"平原三部曲"等,他们是这块苦难深重的土地的代言人,心里的疼痛记忆,作家的野心和良知,逼着他们去追溯这命运背后的因,逼着他们走向对于乡土和苦难的宏大叙事之路。同样,陕西作家陈忠实的代表作只能是《白鹿原》……北方作家的作品如同广阔的平原和太行峭壁一样,在开阔度和气势上让你震撼。显然,陆文夫的《美食家》不属于让人震撼的作品,但它是能让你品出人生百般滋味的作品。

当代文学中,写城市文化写得好的,能让人记住的作家作品极少,陆文夫的《美食家》应属首例吧。因为中国当代作家多属于从乡土社会走出来的,文学思维中对城市生活有隔膜与抵触;中国城市也存在着趋同化、无根化现象,在为数不多的古城、古都、大都市,方存在着可挖掘的丰富的写作资源。作为一名作家,陆文夫幸运地生活在苏州。关于此,青年作家石一枫在《文学和城市之间》一文里风趣地说:"万一没有生活在这样的城市,不是说你不能写作了,只是你不能像陆文夫、叶兆言、老舍这样地去写作,你得想别的办法。"每个作家都要找到自己写作中的天时地利人和。这里的"人和",指对天时地利的呼应和寻觅,并不是你生活在天堂苏州或古都开封就可以了,而是你能不能挖掘出属于天时地利的精气神,创造出代表这座城市历史文化的独一无二的作品。这要看你个人的造化了。

首先,是这个作家的历史文化传承。苏州本地的一位作者高建国,写了几十篇研究陆文夫小说的评论,尤其对小说《美食家》做了多方面的考证,包括小说最后那个五十四号庭院,庭院园林里那场盛宴中的女主人孔碧霞,他都考据出了蓝本,可谓是陆文夫研究专家。这些文章发表在《苏州杂志》上,有兴趣的读者可以去看。他考证的结果:鸳鸯蝴蝶派的首领——作家兼报人周瘦鹃,是陆文夫的美食导师。周瘦鹃在上海"阅尽人间春色",后移居苏州。陆文夫本人,也曾谦逊地、不止一次地明告读者:"我所以能懂得一点吃喝之道,是向我的前辈作家周瘦鹃先生学来的。"(《吃喝之道》)"我与苏州的三位老作家周瘦鹃、范烟桥、程小青成了忘年之交,常常相约聚餐,他们是真正的美食家,手里握着一支生花的妙笔……厨师经他们称赞后便身价百倍……三位老作家从来不看菜也不点菜,总是对厨师说:'今天就看你的喽。'"(《答〈中国文学〉》)陆文夫坦然写道,《美食家》中的一些细节和饮食理念,出自这三位老作家,尤其是出自周瘦鹃,如"他(周)说,不懂吃的人是'吃饭店',懂吃的人是'吃厨师'。这是我向周先生学来的第一要领,以后被多次的实验证明,此乃至理名言"。高建国总结道:"两代作家,由于在苏州际会,才有了彼此默契的精神传递。陆文夫日后能成为美食家,周瘦鹃的回归,功不可没。"

当我们谈这些文学生活中的日常细节时,其实不只是谈20世纪80年代苏州文学场中的饮食,也是谈他们对生活和世界的理解,从中陆文夫不仅得美食之道,更悟出周先生的小说之神韵,各类文化自有相通之处。在这种理解与悟道中,文脉相传。对老一代作家的师承,一点也不影响陆文夫《美食家》自身的光芒。

几年前,有真知灼见的评论家施战军给河南青年作家讲课时,谈到河南作家不注重师承,他举例师陀、姚雪垠等前辈作家创作中的优异之处。关于这个师承与创新话题,还有待细说。

其次,是一个作家的文化情怀。在诸多文友对陆文夫的忆文及他的散文札记里,可见陆文夫本人也好美食、酒趣、茶道;尤其他还是一个有文化情怀的人。在纸媒衰微的今天,这里要谈谈他创办的《苏州杂志》。这不是一本文学刊物,而是一本反映苏州文化各个方面的"乡土""乡情"杂志,在杂志创刊十周年的回顾文章里,他说这份刊物为的是"让世界了解苏州,让苏州人了解苏州,让他乡的游子怀念苏州,怀念与了解苏州的地方特色和文化风貌"。(《十年树木》)他还领衔杂志社经营老苏州茶楼,一为保存与发展苏州传统的饮食文化,一为解决办刊经费。为了这本杂志,过于认真的他"殚精竭虑,却依然感到不满意",77岁临终前,恰逢《苏州杂志》第100期出版,他还在牵挂着这本杂志。甚至让人感到这本《苏州杂志》才是他一生真正的作品,而《美食家》不过是他人生的副产品罢了。多年来,作为《苏州杂志》的掌门人,陆文夫可谓研究透了苏州的"地方特色,文化风貌"。陆文夫的老友、《当代》副主编汪兆骞在《陆文夫的美食酒趣茶道》一文里写:"'自古姑苏多名士'。近现代经叶圣陶、周瘦鹃之后,从小说、食经、酒趣、茶道及文化人格看,陆文夫算是苏州享有盛名的最后一位风雅之士了。重要的是,他于中国文化而言,体现着一种深远的文化承载。"在我看了关于陆文夫的诸多资料后,感到这一评价很切实。

最后,也是同等重要的,就是多年前都已是陈词的"文学与生活"。在网络化、同质化生活的时代,"文学与生活"又有了沧桑的新意。今天,坚实的独特的人生经验已被易得易忘的快捷共享资源所取代,似乎没有什么能再那么令人难忘和珍惜了。太多的信息让人们的感觉钝化,怎样写出有趣、超越于网络化时代的生活,这也许是所有青年作家未来写作中面临的难题。

在运动频繁的大时代中,陆文夫这一代作家各有各的不幸。出生于1928年的他,20岁投身革命,1957年因与文友成立"探求者"组织,受到政治冲击,从此经历了近二十年颠沛流离的生活,在苏州的工厂和苏北的农村接受劳动改造。"近半个世纪以来,我的主要精力不在于写作,而是与天灾人祸做斗争。前三十年是人祸,后二十年是天灾,女儿生病,自己也是肺气肿。"说这话时,他的心中应是充满了悲戚与无奈吧,也许还有不得已的超脱。这"天灾"多半由"人祸"造成,劳动改造的那些年,加重了他的肺病,一生被肺病缠绕,两个女儿也都患有肺疾,小女儿在他之前离去,他经历了白发人送黑发人的至恸。

1950年代初,陆文夫曾住在一个好吃的公子哥家里,"每天都看见他坐着黄包车出去吃东西,他的身世和生活方式大体上和我所写的差不多……"(《答〈中国文学〉》)

从历史文化传承、人文情怀到生活阅历来看,"美食家"已非陆文夫莫属。生活、命运和城市,汹涌在他的心中,云集在他的笔端。

写《美食家》时,陆文夫已经50多岁了,经历了时代和个人生活的风风雨雨,世道人心了然于心。他把淤积了大半生的酸甜苦辣之人生况味,凝聚在中篇小说《美食家》里。对于今天高产的作家来说,真够奢侈的!但如果把这部中篇写成砖头一样的长篇,它就有悖于《美食家》中"头汤面"的清爽,它就不是《美食家》了。开了一代简洁有力文风的语言艺术大师海明威,谈创作经验时,提出了他那著名的"冰山"理论,"冰山在海里移动很是庄严宏伟,这是因为它只有八分之一露出水面"。也就是说,一部作品的深厚度,不仅在于你写了什么,还要让读者感觉到你没有写出的那巨大的部分,并且省去的一定是你知道的东西,如果省去的是你不知道的,那作品就可能会有破绽。大作家的气魄就是不同。

《美食家》这部虚构的小说,因为有着太坚实的生活经验做根基,因此,人物才那么生动鲜活,一切才显得那么真切可感。也因为中年以后的陆文夫,更明白生命的有限,智慧的有限,也更懂得情感的、文字的节制,因此,才创造出小说自然的从容不迫的叙事风度。

以《美食家》为代表的陆文夫的小说,被评论界描述为"糖醋现实主义",他本人也自嘲地认同这个幽默的说法。《美食家》,一篇让人笑得酸涩的作品,如:"文革"中,"一个好吃的人和一个反好吃的人居然站到一起来了!""我成了走资派,朱自治成了吸血鬼,两个人挂着牌子,一起站在居民委员会的门口请罪。"殊途同归,人人都逃不出大时代的悲剧;在不同的运动时潮中,名菜馆被改来改去的命运;吃客朱自治,这个"我"所不屑的非自食其力的人,"我"一直想"改造"人,在餐饮业鼎盛的当代,他吃的生涯达到了顶点,突然成了踌躇满志的餐饮业专家和传经人。人还是那个人,时代变了,人的身份和命运就变了,真是人生如戏,这导演却是大时代。

陆文夫在"无可奈何与哭笑不得的心情"中写出的《美食

家》,不会仅是"淮扬小菜",虽然它看上去不是"宫廷大菜",不是北方作家习惯的那种宏大叙事。这一代经历过中国政治运动的作家,想忽略大时代都不可能,因为大时代已烙刻在他们的命运中,只是表现的方式不同而已。姑苏烟雨中,内敛的谦如君子的陆文夫,把犀利和审视的目光融化在了人物身上,他不用史诗的方式,他用世俗饮食的方式,"天堂"人的方式,来写时代和历史的诡异、世事的沧桑、人生的千滋百味,提醒人们不要忘记常识,不要忘记人的本性。

朱自治这个人,除了吃兴,没有其他社会生活,凭资本家出身的库存,他是吃不空的;这个和社会生活不直接发生关系的人,在每次运动中,都被搅得失魂落魄,甚至没饭吃。你会感到有一股巨大的力量,把这个城市里的每一个人都翻搅出来,每一个人都无从把握自己的命运,无论是为大众服务的菜馆经理高小庭,还是无业者、吃货朱自治,都被抛在风口浪尖上。这股巨大的力量,来自"冰山"之下,来自那个时代的政治运动。陆文夫以举重若轻、幽默的糖醋现实主义方式,由写饮食业的兴衰变化,一个"美食家"跌宕起伏的一生,分明写出了当代中国四十年的特殊历史和真实生活。这也是《美食家》在海外广受欢迎的原因——能感受到中国传统饮食文化的魅力,同时也认识、了解了中国社会和历史。

除去上述,还要说说这篇小说有趣的令人难忘的细节。

陆文夫是一个太会写细节的作家,如他写一碗面的吃法,细节之细,超出众人的常识,堪配美食文化题材。什么硬面、烂面、宽汤、紧汤、拌面,重青(多放蒜叶)、免青(不放蒜叶),重面轻浇、重浇轻面……岁月悠悠,跑堂的有足够耐心等你吩咐吃法。"朱自治向朱鸿兴的店堂里一坐,你就会听见那跑堂的喊出一连串的切口:'来哉,清炒虾仁一碗,要宽汤,重青,重浇要过桥,硬点!'"这抑扬顿挫的喊声,喊出一片生机。一碗面的吃法已让人眼花缭乱了,可对于朱自治,这还不是主要的,主要的是要吃清爽、滑溜的"头汤面"。为此,他"擦黑起身,匆匆盥洗……"一个人有这么大的吃兴,也是罕见!

还有名菜馆被改造成大众食堂,苏州名菜被弄得一塌糊涂的那些年,朱自治毫无乐趣地整天在大街上转来转去,像个幽魂一样……一向不近女色的他,后竟因孔碧霞烧得一手好菜,"一吃销魂",便和她结了婚。"大跃进"之后的困难年,"吃了一世的味道"的朱自治,也难逃"没得吃",被饥饿逼得从小庭院里走出来,"又拎着个草包成天在街上兜",搜寻任何能吃的东西,居然跟着小板车到了"我"的家里,痴呆地站在门角落里,想讨点儿南瓜又迟疑不决。在夜半的苏州路灯下边,他裹着一件旧雨衣等我运南瓜,"我"拉他推,唯命是从,其间他兴奋地头脑不清醒地向我"念吃经"——由西瓜鸡的做法,想象到南瓜盅的做法……这一细节,读来让人心酸。

小说最后直面写的庭院园林里的盛宴细节,可谓是"美食家"和美食文化展现的高潮。这盛宴安排在结尾,小说家真是会吊人胃口……

另外,小说里还有一个出现很少的中性声音——"我"(高小庭)的妈妈,这是个没有社会偏见,在经验、常识和良心中说话的人。在被政治意识影响的阶级偏见里,"我"总是想改造朱自治,妈妈就劝说:"朱经理哪一点亏待过我们?"她对朱自治一直很尊敬。这个在人性中而不是在政治正确中讲话的妈妈,智慧心明、洞若观火,让小说中对立人物之间的张力获得一种自然的缓解和平衡,也显示出荒谬时代里人性的尺度。

陆文夫不是一个高产的作家,"一个作家的地位,是由他曾经达到的高度决定的"。(王尧:《重读陆文夫兼论80年代文学相关问题》)《美食家》代表着作家陆文夫的高度。因为《美食家》,陆文夫被太多读者记住;因为《美食家》,作为人间天堂的苏州,再次以文学的方式得到确认和解读,陆文夫也因此获得了"陆苏州"的美誉……一个作家一生中写出了天时、地利、人和的那部作品,写出了不仅属于作家个人,更属于一个城市和时代的代表作,哪怕仅一部,够了!

原文发表于《莽原》2019年第5期

蒋韵:我"跟踪研究"的一个作家

我跟随鲁枢元先生读硕士期间,他让我选两个作家做跟踪研究,蒋韵是我选的两个作家之一。青春时期的我为何选蒋韵？也许有偶然的因素,但在今天看来,应是蒋韵小说中的诗意、浪漫、在路上、异乡人以及决绝的女人等非日常的情境,吸引了一个中文系女生的眼与心。青春时期,加上背后是1980年代文学的辉煌岁月,看不清文学和现实的边界,很容易把文学想象当成生活本身。这个中文系女生,在蒋韵小说里的女性人物身上,看到了幻想中和幻想也难及的同类——她们的人生和命运,有向往,更有错愕和悲伤。是的,错愕和悲伤。

硕士阶段,我给跟踪研究的两个作家各写了一篇评论习作,蒋韵的这篇评论题目是《生命和诗的错过》,写于1992年冬天,发表在1993年初的《当代作家评论》上。这篇青春期的评论,今天看来,洋溢着评论的通病——语句晦涩,大师观点领航,炫耀知识背景,但幸亏还有真情和诚恳,还余下几句不过时的话:"你我永远也影响不了别人,但同时,你我不仅仅是我们本人……你我在这个世界上秘密地风雨同舟。"这几句话是从蒋韵小说的人物身上总结出来的,但也在说着今天这个时代人与人之间的关系。

经历了"文革"的"50后"作家蒋韵,"固执地"讲述着她所经历的那个时代。在我们的文学追逐新势力、新主题的潮流中,在不同时期的潮流中,蒋韵是有罕见定力的那一位作家。从1990年代起,蒋韵的小说里就常常出现那种不合时宜的人物,她(他)在生活中总是处于尴尬的境遇,其悲剧看起来更像是闹剧或喜剧,蒋韵把他们称作是"外乡人"——时代的外乡人。在访谈里,蒋韵说这些人物"在某种程度上反映出了我和这个时代的关系"。早年间,蒋韵说自己"是文坛上的孤魂野鬼",后来蒋韵更清楚地认识到:"哪一个真正的作家,不是自己的旗帜,不是孤魂野鬼呢?……真正的写作,是属于孤独者的,是属于现实人生中深刻的失败者的。'深刻的失败',在某种意义上,和一个人的现实存在无关,而是,一种精神状态,或者,更极端一些,是某种命运感"。(蒋韵:《青梅》,河南文艺出版社,2019,第189-190页)

告别青春期和主观的偏好,客观地讲,蒋韵的这种文学品质,值得跟踪研究。她在反复回望和审视一代人的怕与爱时,也在提醒更年轻的读者——曾经的历史、曾经的生活,和我们的今天及未来隐秘相连。

十年如一日,对于我,不是坚持不懈,而是时光飞逝,转眼间到了2003年。作家艾云在《作品》杂志主持"作家现在时"栏目,她也看重李锐、蒋韵夫妇的作品,约我写了蒋韵和李锐。2003年,我们都还年轻,蒋韵已经写出了《栎树的囚徒》《我的内陆》等长篇,出版了一系列小说集。这次我评的是蒋韵《我的内陆》及几部中篇。

在《我的内陆》里,蒋韵沿着那些消逝的事物——古城、小巷、柳林、决绝的女人……去寻找人和城之间的血脉,及这座城市的前生今世。现在我之所以谈这个,是因为我感到因为《我的内陆》,蒋韵也有了自己的"文学故乡",虽然这文学故乡不像其他作家的那么具体鲜明。

在这之前,太原这个内陆城市,蒋韵生活了四十多年的地方,在她小说里出现时一直是虚构的"T城"。早年的蒋韵一直视它为异乡、客居的城市,她以一个"外乡人"的目光傲慢地看待它。我在评陆文夫《美食家》一文时,曾反复琢磨过——如果一个作家生活的城市,既不是古城,又不是沿海,更不是中心,他该如何写这个城市里的生活,才能引起读者的兴趣?我想,早晚总是要写的,只是写法不同而已。每个作家都要找到自己写作中的天时、地利、人和,这里的"人和",指对天时地利的呼应和寻觅,并不是你生活在天堂苏州或文化中心京沪就可以了,而是你能不能挖掘出属于天时地利的精气神,创造出代表这座城市历史文化的独一无二的作品。这要看你个人的造化了。

我看到了蒋韵四十多年来的造化,云集到《我的内陆》里——这座城市里到处都是她生活过的痕迹,她以四十多年来的记忆和情感,写活了、写热了这个并不引人注目的城市。她在《我的内陆》"后记"里写:"这客居的城市,这异乡的土地,因为有了生育和血脉的传承,渐渐地,成为亲爱。成为血肉的经历。"

"没有任何的宣传与炒作,《我的内陆》自发地获得了读者的认同,尤其是和她同龄的及老一代人的认同,也出了台湾版。人都希望自己生活在一个有历史景深、有温情的城市,我想这是《我的内陆》获得认同的原因之一。"当发现我当年写的这段话,成为《我的内陆》2013年再版时的推荐语时,我和蒋韵已失联多年。

从此,这个内陆城市,与大西北的天空和土地一起,成为作家蒋韵的内陆,成为她文学故乡的一部分。作家可以把任何一地发现、创造为文学故乡。蒋韵给了我们这样的信心。我所在的郑州,类似"T城",它也可以成为你我的"文学故乡",如果你有足够的文学力量去寻找和撑起。

又一个十年,到了2021年春天,安琪主编选了蒋韵《心爱的树》给我。这两年,我愈加感到文学评论下笔的艰难,以及你写出的每一句话是否自我重复或重复他人,还有无必要。这当然是指我自己。因此,感谢《莽原》的"重温经典"栏目,感谢安琪主编为文学的心,让我这个被动写作的人,再聚心一次蒋韵的写作,姑且算是续上青春时代的"跟踪研究"。

中篇小说《心爱的树》写于2005年,发表于2006年,后被《小说月报》等转载,并获"第四届鲁迅文学奖",算是给蒋韵带来国内文学殊荣的作品。不过,我也是在搜寻有关蒋韵资料的过程中,方知这些信息;或者曾知但彻底忘了。时过境迁,作品外部的标签都会随风而去,正如前辈评论家孙荪先生直言"作家是用作品说话的"。

在蒋韵的中篇小说中,《心爱的树》属于跨时段比较长的,写了民国、抗战、困难(饥饿)几个时期。起初讲述的是个背叛的故事:民国时期,16岁的梅巧为了能继续上学,嫁给了比自己大很多的"大先生",大先生是师范学校的校长,严谨、严肃,梅巧冰雪聪明,但生命里有种向未知世界汹涌而去的力量,汹涌到自虐——生第四个孩子后,她不说话、厌食,用她母亲的话说是"作死",因为她不想过普通女人的生活。这样的女子,必须从家庭里迈出来。对于梅巧,一张小学教员的聘书,还不足够。她的女同事张君富于戏剧性的人生,抗婚、私奔,和心爱的人一路私逃——那个时代的浪漫故事,让梅巧心生向往。这时,大先生的一个得意弟子——席方平出现了。即便不是这个人物,也会有另外的人物,和她灼热的心相遇。

作为那个时代的浪漫故事,该如何推动和出新?现代文学中"娜拉出走"及走后如何的故事,在鲁迅的《伤逝》中已可见。

在蒋韵的笔下,梅巧的长女凌香,是小说中更深的激流,是一个为了证实一句诺言可以去死的人。蒋韵很善于或者说很喜欢写像梅巧、凌香这种决绝的女性。凌香这种酷烈凛然的性格,从一出生就带来了,也是不可更改的命运。日本人来了,兵荒马乱的岁月,16岁的凌香硬是从和家人避世的中条山中,去了西安读高中,又冒死踏上寻找母亲的蜀道。她来到母亲面前时,衣衫褴褛,已是差点被敌机炸死的人。

"你说过,永远也不会丢下我,八年来我没有一天忘记过这话——我来是要告诉你一句话,你——不值得我这么、这么样牵挂!"

说完,她掉头而去。

凌香这个女孩子,自八岁那年母亲出走,憋了八年的劲儿至此释放出来。这是一个孩子以冒死的方式向成年人进行道德追问。孩子,尤其像凌香这样的孩子,会相信诺言。

凌香心里的狠劲儿带着小说情节向前走,让我们看到了始于浪漫私奔的梅巧,在现实人生中的境况:江边逃难的草屋里,男先生染了肺结核,正在料理晚饭的女先生"蓬着头,青菜叶沾在手上,一身的柴烟味"。"两个心高万丈生死相随的有为青年最终落在了生活艰辛的窘境之中。"

你会发现,蒋韵一步步在写真相。她写诗意与传奇之后的真相。如何面对真相?这更考验小说家的综合心智。

接下来是爱的能力,推动小说向情感深处转折。凌香看到梅巧的一刹那,她就原谅她了。或许更早,她乘坐的木船被炸,一船鲜活的生命瞬间灰飞烟灭,在人世无常的惊悚里,她懂得了生命之爱。但是她必须说出在心头坠了八年的那句话,她说完了那句话,"她才能重新成为一个善良温情柔软的孩子,一个悲天悯人的孩子"。蒋韵笔下人物的情感张力,在当代小说中是很少见的。

蒋韵的小说绝不拖沓,叙事像她的人物性格一样利落到酷烈。这篇小说剪辑了漫长人生中的九个片段,历时几十年,但骨架很清晰。如"八、困难时期","又是许多年过去了"。一句话过渡,省去了许多枝枝蔓蔓的叙述。

到了1960年代——饥饿的年代,梅巧一家已回到那个北方省城,大先生在小城里教书,凌香已是两个孩子的母亲,凌香在父亲大先生和母亲梅巧之间传递着救命粮。那都是大先生和大先生后来的妻子大萍挎着篮子,排着不同的长队,凭票买来的,积攒下的饥饿年代的稀缺物品:粮油肉蛋,糕点、白糖;还有大萍开垦空地种植的蔬果、干菜;还有烟,"这烟总是由大先生亲手拿出来,沉默不语地给她塞到提包里"。这烟是大先生给梅巧的——曾经背叛他的人。

大先生和大萍排着队,大萍慌着包饺子,一个个码进饭盒里,让凌香带走,凌香颠簸三十多公里到梅巧家,看着饿得浮肿的她把饺子一个一个地吃下去。所有的过程,都像默片,大先生、大萍、凌香都不说破,但心里都明镜一样。他们默契地爱着。这些细节写得真切,令人心疼。

直到某个细节在时光中被曝光、被验证,梅巧才知道大萍也对她那样的好!而大先生,在当年梅巧离家出走时,告诉梅巧:"你这么背叛我,你这么走了,我一天咒你八十遍——"可接下来的几十年里,父亲大先生从没有在孩子们面前说过她一个不字。大先生真是中国当代文学中少有的君子人物啊!

这里还要说一说大萍。这个乡下来的女性,不识字,肥臀粗腰,典型的劳动妇女,她以质朴的爱心和日常生活技能,用悉心悉意的爱,把大先生这个空心的家,填成了实心。尤其是在特殊年代,如到山中避世的日子,大萍推磨、织布、挑水、开荒,没有她不会的,她把逃难的日子过得姹紫嫣红;后来的"困难时期",大萍开荒种植蔬果粮食,还和大先生一起无言救济梅巧。这个没有一点儿小资情调也不柔美的女人,却是支撑艰难岁月的主力。

梅巧是追寻浪漫新生活的知识女性,大萍是拙朴的奉献型的劳动妇女——好像是所有人的母亲。这两位截然不同的女性,在蒋韵的笔下同样被尊重,被怜惜,有着各自的生活动力和命运轨迹。像蒋韵这样当过知青、走过西口、参加过艾奥瓦大学"国际写作计划"等,经历过多样化人生的女作家,更懂得欣赏不同的女性人物,或者说,更懂得文学何为。

蒋韵曾说:"启蒙无罪,但不彻底的启蒙是可怕的;知识更无罪,但用浅薄的知识来装点人生是可怕的。"(《青梅》)在写作中,蒋韵从不以知识者自居,更不会在小说里炫耀知识。她一直在去除知识的文饰。这也是我喜欢蒋韵的理由之一。

同时代作家王安忆,曾写过一篇蒋韵的评论,她借助分析蒋韵1980年代末的几篇小说,发现蒋韵小说里有种知识批评的主题,表现了她那一代知识青年的悲剧面貌。这个维度,在《心爱的树》里,也隐约可见。浪漫的梅巧,后来在窘迫的现实中,靠大先生的君子之爱和勤劳善良的大萍,得以渡过饥饿难关。一时的浪漫并不太难,难的是面对现实如何活着,如何一生拥有情感质量,尤其是在特殊年代。

即便不是重病,衰老也会带走人的生命。几十年后,大先生身患绝症,想见梅巧一面。几十年前负罪与盛怒中分手的两个人,再见时的场景,在蒋韵的笔下是这样的:在梅巧所在的省城火车站候车室(那个年代没有咖啡馆、茶馆,火车站算是地标吧),曾经鲜花般的清水眼梅巧,此刻成了两鬓霜染的老太婆,"他们愣愣地,你望我,我望你,对视了半晌,身边是来来往往的旅人"。在凌香的提醒下,才"左一个""右一个"地坐了下来。

头顶上,大大的几个电风扇,旋转着,发出嗡嗡的响声。一时间,有一种奇怪的安静,笼罩了午后的车站。所有的声音都远去了,人声、车声、广播声,一切,一切,如退潮的水一样渐行渐远。只有他们裸露着,像两块被岁月击打的礁石。大先生摸索了一阵,从衣兜里掏出烟来,是一盒凤凰,他夹出一支,递到了梅巧面前……

这熟悉的烟味,唤起过往的生活:烟是梅巧年轻时的嗜好,大先生让凌香捎给梅巧的那些烟,和救命食物一起,成为饥饿年代的慰藉。"他们要说的话,都化作了袅袅香烟。""他们跨过了三十四年的岁月,来在一个车站,好像就是为了在一起抽一支烟。"该虚的时候,蒋韵的小说总是能虚出境界来,虚出人世的悲情来。

还能说什么呢?除了"大恩不言谢"几句简短的对话外,他们共同提及的就是早年一起生活时院子里的那棵大槐树,时过境迁,被人锯掉了。梅巧说,她曾看到在锯口处,老槐树流出大串的眼泪,"老槐树哭呢……"当年不安分的梅巧总是把大槐树的叶子染成汹涌的澎湃的蓝色。无法挽回的老去的生命,把所有不知从何说起的话,不知从何表达的情感,转向说他们的树——共同岁月里的记忆。如今树也不在了,树也哭过。真是永逝不返的一切啊!在蒋韵的笔下,他们的感情呈现得婉约而浩渺。

这个起初属于婚姻中背叛与出走的故事,经过饥饿年代的默默相助,在生命的终局里,在时过境迁后的虚空里,升华为对生命的珍惜与救赎。

重读这篇小说,每个人物都有强烈的爱的力量,但风格方式不同。如梅巧的爱带着一代知识者的浪漫、裂变与痛苦;大先生对梅巧出走以后,对初到家中的大萍,表现为少见的隐忍,再到宽厚的怜惜,可谓君子之爱;凌香对母亲的爱,由一个孩子单纯至酷烈的爱,到经验基础上的生命之爱……是爱,不是欲望,推动着这篇小说的情节和情感步步深入。

在一次访谈中,蒋韵曾表达过对当代小说的看法:

20世纪90年代到新世纪初,我们的小说,无论乡村还是都市,只要涉及情爱,渐渐呈现出了一种极其程式化的样貌,即"零度叙述+性"。……人类如此丰富丰沛的情感,难道真的萎缩至此了吗?

在人世间生而为人,所经历的精神的苦痛,不是人间烟火吗？所以,我理解的"人间烟火",可能和有些人的不一样。

从中也可看出蒋韵小说的情感和精神取向,蒋韵的小说因此有种清洌的气质,与我们常见的庸俗现实气息的小说区分开来。

蒋韵是个有毅力、有思想力的作家。从1979年发表在《安徽文艺》上的短篇小说《我的两个女儿》,到2019年的长篇新作《你好,安娜》,她一直主要在写她这一代人的生活,为一代人做情感史和精神史的传记。评论家贺绍俊曾这样评价:"蒋韵关于50后的精神成长、精神境界的小说在当代文学当中可以说是独一无二的。"(《蒋韵〈你好,安娜〉:提供了50后一代的人物形象图谱》,《南方都市报》2019年10月21日)

也许我们会疑问:即便蒋韵自觉地疏离于当代文坛,但她一直写自己的同时代人,难道不怕落伍吗？哪来的信心和勇气？1990年代的蒋韵,也曾尝试过当时流行的复杂技巧,如解构叙事等。1990年代我曾和蒋韵有过通话和见面,感到那时的蒋韵也在寻找信心的途中。一个真实虔诚、善于反思的作家,最终会面对自我的心,回到文学的本真;还有蒋韵的国际化视野,又多年偏于西北一隅的沉静,现居京郊也是远离喧嚣,各有风格但又互相激发的文学家庭,我想这些都涵养了她的文学内陆。

在不同时代的文学潮流中,蒋韵找到了自己的定海神针——靠对一个时代刻骨铭心的表达,靠这颗心感知世界、感知生命的质量和能力,呈现一代人浪漫和现实纠结下的悲欣交集,揭示时代生活中的生命真相,告示世人:更人性、更怜惜彼此的生活,让这个世界少些伤害,多些深广的爱。这也是文学的基石吧。

在这个千头万绪的互联网时代,如何选择写作的立足点,蒋韵的创作或许是个很理智的参照。

原文发表于《莽原》2021 年第 3 期

幽暗时代之夜的一束光
——重读何士光《梨花屯客店一夜》

1980年代初,何士光的短篇小说《乡场上》,成为一代人的文学记忆。但他写于1973年的《梨花屯客店一夜》这篇短篇,我并无任何印象,今天算是初读。几十年后的初读,却让我惊心地发现:青年时代的何士光,在这短短几千字里,表现出了对时代、世事、人心罕见的清亮认知。作品的境界来自作家的心和思想力,不是硬写能写出来的。对大时代认知不清,对人心缺少了悟,自我生命里没有光,是写不出照亮时代和人心的好作品的。

一

出生于1942年的何士光先生,写这篇小说时,30岁刚出头,可是他已经能够从特殊情境中人性的角度,乃至文明的角度,而不是从庸俗现实的角度,来写小说里的人物。

如颜丽茹这个人物的首次出现,可以看出作者的起笔之高。"颜丽茹"——"这是一个叫人听起来十分难受的名字!""梨花屯一带的青年人对这个姑娘都抱着相当的敌意",有着种种关于她诡秘的、趋炎附势的传闻,而且她还曾设法替换徐树民的妹妹徐树萍的招工指标。但是,她的出现是这样的——"她突然从黑暗的小街上走来,仿佛一朵从深水里浮现出来的红莲花,那动人的青春的容颜,给昏暗的店子带来了一片明亮"。在有先见和传闻的背景里,徐树民却发现,"她竟然是这样一个一点也不讨人厌的姑娘?"作者不带任何偏见、成见地写这个女性人物,这让人想起托尔斯泰笔下的安娜·卡列尼娜。

颜丽茹在这个夜晚的第二次出现,让徐树民意识到她可能是为最近的招工指标来找张主任的。张主任是梨花屯一带的第一权力人物,他掌握着几十个知青的命运。徐树民感觉到,这个夜晚不是颜丽茹所能控制的,她很可能身心被侮辱与伤害,关键是伤害之后,她也未必一定能走出去;就像现在她已成为传闻中的另类人物,但还是没走出去。徐树民痛苦地假设:要是换一个场合,像张主任这样一个粗陋的中年男人,即便是和颜丽茹迎面而过,她也不会觉得有什么理由要特别地看他一眼……

小说在温婉犹疑的笔触中,写出了人物复杂情感的微妙变化,及内心此刻的真实。无论怎样,颜丽茹曾让妹妹痛苦过,徐树民心中也有私怨,但在这个暗夜,在来不及分辨的内心混乱中,他的直觉、他的人生经验让他选择了救助这个年轻的姑娘,他编造了一个戏剧性的情节:他大声地喊:"张主任——""县里有电话找!"他把张主任支配走了,避免了一场可能发生的暧昧性伤害。

接下来,是颜丽茹和徐树民兄妹三人尴尬的面对和误解的消除。他们之间情感的转变,在中国人的世俗人生里,即便是现在,也很难得。在万般心绪中,徐树民对颜丽茹说出:"你,要珍重……""你也休息吧!……我们决不会……说出一个字!"这断断续续的话,一字千钧,道出生命之间的情意;在一个告密和制造传闻的时代,能够如此承诺,这颗心是多么罕见和高贵!

在这荒僻的地方,无论是当地的权力人物还是有利益冲突的知青,也许从来就没人尊重过颜丽茹,也没人想真正理解她;她也有些自暴自弃,总是满不在乎的样子(其实内心是狐疑不安)。最终,在徐树民兄妹的清纯和善意里,在一个时代罕见的高贵情感里,颜丽茹哭泣起来,她和徐树萍拥着哭。后来,小说只轻轻一笔,"她实在还只是一个刚刚长成的姑娘"。这轻轻一笔,多少柔情和爱意在其中。关于这个姑娘之前的一切,到这里,都可以一笔勾销了。

在这个夜晚,徐树民救助了颜丽茹,也拯救了自己的灵魂。他们都是被大时代车轮碾轧的小人物,只有互助而不是互伤,才能更好过一点儿。其实在任何时代,人们之间都应如此,但事实上很难做到。第二天,他们一起进城……也意味着他们一起以积极的方式,去改变命运。无论这命运能否被改变,一起呵护的温暖,已经抵御了更不堪的命运的发生。

在写"文革"知青题材的小说中,这篇小说没有直接写伤害、粗鄙,而是写了摇曳在大时代暗夜中的人性之光。这种超拔于同时代人的情感,让我们看到生命的尊严,看到一个国家和民族的希望。文学艺术应是在这种角度,引领世人的精神。

反过来,如果徐树民兄妹像他人一样,对颜丽茹持敌意态度,并且他们也更有理由敌视和报复她,那么,这一晚颜丽茹很可能会陷入不堪的境地。现实中这种可能性很大,我们今天的文学作品也大多写这种浑浊的情感,在浑浊中人们相互伤害,这就是我们常见的文学等同于生活,而没有高于生活。这样颜丽茹的命运,从此会有质的不同。

二

这篇小说,流露着青春忧郁迷茫的格调,在忧郁迷茫中寻找着精神的航向。回过头来看小说的开篇,"到了,——梨花屯!"徐树民对妹妹徐树萍说,"像是松了一口气,又像是叹了一口气"。荒山僻野,路途维艰,毕竟到了目的地,但这目的地却让人不自觉地叹气。接着我们看到兄妹俩一下滑入梨花屯无边的荒芜里——"四下是一片迷蒙,仿佛再没有了天与地之分,他们的脚仿佛不是踏在大地上,而是落在隐在混沌之中的、捉摸不定的一截石阶上,觉着不像一个人世,倒像一个梦境"。这既是边陲荒芜的现实,也是时代隐喻,个人像是在梦境中悬着。

小说几次写到狗吠,开篇狗吠和夜鸟的叫声,让人回到现实中;兄妹俩夜晚找小客店,见不到人影,只遇见狗吠;张主任慌慌张张地去另一头场口的邮电所接电话,惊得满街的狗吠。这些呈现着梨花屯的寂静与荒凉,后者还呈现着张主任对上级权势者的诚惶诚恐。

无边的荒凉,加上物质的匮乏、权力的傲慢,以及生活的粗鄙。兄妹俩找到小街上唯一的日里卖饭、夜里兼歇客人的小店,但是饭卖完了,"住宿呢,归王会计管,要问王会计;王会计在哪儿?请张主任到家吃饭去了;多久才来呢?不知道,等着好了,会来的。"

终于等来了王会计——

"哪个要住宿?"他放大声音叫了一声,仿佛看不见两个人近在眼前。跟着,就慢条斯理地在条桌的那一边坐下来,在自己腰间的一大串钥匙里找一把合适的钥匙。

他们喝完酒,再打牌,夜半在这小客店里吵嚷着:"钻!钻(作者注:桌子)过去……"

到此,我们真切感受到了颜丽茹的话外音:"我不惹谁,我也不怕,这个日子……"她实在想远离这样的生活,离开这荒僻野蛮的地方。对于一个年轻幼稚的姑娘,要想改变命运,她又有什么办法呢?是大时代造成了无数个颜丽茹的命运,颜丽茹不过是在大时代悲剧下挣扎着的小人物之一。

写这篇小说时的何士光,已经对大时代有着清醒的认识,因此,他能写出对颜丽茹这种人物的理解和怜惜。他自己也是知青,毕业于贵州大学中文系的他,从贵阳下乡到黔北凤冈琊川,也就是他小说里的"梨花屯",在这里生活了20年。他在这里结婚生子,白天去乡村学校给孩子们上课、耕地,夜晚在煤油灯下读书写作,《梨花屯客店一夜》就是在这样的环境里写成的。何老在后来的访谈中讲,当时写下的文字,"每一个人物都有自己的原型,每一个细节,每一个场景也都有切实的依据"。因此,他与笔下人物的命运与共、感同身受,使得他的作品被评论界认为"真实而不粉饰,质朴中又带着时代的忧伤"。

年轻时的何士光,为何能够如此清醒?能够像鲁迅先生所说的"以过去和现在的铁铸一般的事实来测将来,洞若观火!"我想,这和一个人的天性,尤其后天的阅读很有关,在琊川那些年,他能够在无边的荒凉里坚持阅读和写作;在这种看不见希望的环境里,不少人或者怨天尤人,或者自暴自弃,但他绝不如此,这使他和别人区别开来。

1970年代初,何士光能够在这篇小说中,通过徐树民这个人物,表现出对女性弱者的尊重、呵护与怜悯,表现出一个混乱时代里罕见的理性、文明及高贵情感,改造了一个时代时常上演的伤害与被伤害命运。因此,这篇小说在今天及未来依然具有重读的价值。

这篇小说引起了我对今天的老作家何士光先生的再度关注,发现他告别小说创作之后,沉寂了20年,再出作品时,已是以佛道为主题的《今生》(甲乙两部)了。这是一个真性情的作家,当他感到文学写作不再具有致命般的吸引力后,作为一个出名很早的专业作家,一个文坛领头人,他居然敢彻底放弃带给他一切荣光的写作,放弃作家"何士光"这个名字。1981年,他的《乡场上》获全国优秀短篇小说奖,从西南边疆到京城领奖期间,他在日记里写:归根结底,救苦救难,还在众人自己求心。他后来总结到,"人终其一生都是在拯救自己"。从1973年的《梨花屯客店一夜》,我似乎看到了何老那时都已懂得了拯救人心、拯救自己。

原文发表于《海外文摘》2020年第9期

回望1980年代以来的另类作家——残雪

一、一代又一代的读者与残雪的作品擦肩而过

我对残雪的阅读始于1980年代中期。那时我正在大学校园里读中文系,木质阶梯大教室里,主讲当代文学的年轻男教师讲解残雪的小说时,在一番关于"先锋""怪诞"的激情阐释后,缓慢地说了一句带有个人生理感受的话。他说:"读残雪的小说——胃里恶心。"这句话迅速击中我们年轻的身心,并多年来成为我对于残雪小说的情绪记忆。可以说,这是残雪小说在中国读者中的代表性,也是普遍性遭遇。

后来,我们这些从中文系走出来的学生,除了个别以文学为职业的人,基本上都不关心文学了,更不要说关心残雪这样的作家了。大家关心的是世俗的成功,是物质享乐。

多年来,虽然我的生活是以阅读、写作为重心,但也没有跟踪阅读残雪的作品。直到近些年,残雪对于经典作家的阅读札记的出现,使我重新关注了残雪。

在写这些文字之前,我特意了解了一下现在文学专业的在读研究生和男教授兼评论家对于残雪的看法,并告诉他们一定要给我讲真实想法。结果,现在的研究生和我们当年的感受类似。一段文学课程之后,就再也没读过残雪的作品,因为她让人感觉不到现世的温暖。文学教授说,残雪本人就是一个神经病,她的写作太超出观念了。

无论在1980年代还是在今天,残雪都不属于大众读者,甚至不属于小众读者。作为一种写作特例,残雪更属于文学课程和文学史。事实也是如此。残雪的小说不仅进入了我们国家大学的文学课堂,也进入了日本和美国的一些大学的文学课堂。但讲述与理解之间很可能是有距离的、错位的。

我开始疑问,我们对于残雪的这些反应,这些似曾相识的感受,在漫漫岁月中怎么像岩石一样没有改变?也许我们对于残雪的阅读和评价是出于习惯、共识、观念,包括我们的感受,对于文学的理解,很可能都受到了各种文化定式的影响。我们说出的那些感受,未必是真正的个体感受,也可能出自文化无意识。因为个人的感受性需要奢侈的条件:极其的敏感,思想的能力,静心与耐心,等等。也许我们还没有做好阅读残雪小说的准备,它需要读者有和作者相当的心智,相当的反常规的消化能力。

残雪在与日本评论家日野启三的一次对话中,谈到了她对读者的态度:"我考虑读者时,只考虑与自己同水平、同类型的读者。我的小说不是奉献给大众的。"(《残雪:读到三十才明白》,《中国邮政报》2004年12月11日)

多年来,残雪坚持不与现实和解的写作姿态,其自我追问、自我解说甚至多于读者的追问,尤其在今天,这个微阅读、心灵鸡汤化阅读取代部分传统阅读的时代,谁还想起读一读、说一说残雪?她绝不配合读者,也许可以说,她在培养自己的读者,在改变读者的文学观念。编辑在推荐残雪长篇小说《边疆》时说:"先锋小说作家残雪的小说一直是中国当代文学中最怪异的声音,她的每一部小说都是对读者的挑战。"事实上是,有多少读者有足够的耐心面对这种挑战呢?不可避免地,残雪的小说与一代又一代的读者擦肩而过。

二、在残雪的叙事方式里,批评常规无效

近30年后,我重新翻阅《阿梅在一个太阳天里的愁思》。残雪写于1980年代的这篇短篇,像她的众多小说一样,没有我们熟悉的经验背景、国度背景、时代背景,没有明显的文化

符号。飘着,像在梦中。也没有明显的故事情节。我们常规阅读和批评的方法,在这里会失效。常规阅读的期待,在这里也会落空。譬如,共鸣和感动几乎不会发生。残雪的小说不是用来消遣的,也不提供阅读享受和对于社会生活的认知。它排斥时代的公共语境和沿袭的文化定式,它要求你回到黑暗之中,在命运诡异、内心孤寂至世界边缘的时刻,去阅读。

先说这篇短篇里的婚姻。

几乎每一个成人都在其中,或经历过,这太普遍太日常的生存模式——婚姻。到了残雪的小说里,突然变得我们认不出了。它和我们日常中对于婚姻的期求背道而驰,甚至连背道而驰都不是。这婚姻,没有任何浪漫,也没有任何现世逻辑。那种怪异的没有情感关联也没有物质关联的关系,怎么能叫婚姻呢?

可这就是残雪小说里的婚姻。

男人老李,难看的相貌就不说了,和母亲鬼鬼祟祟也不说了,和阿梅,也就是"我"第一次打招呼时,"我"的出现、他的声音,使彼此都吓了一跳,像遇见了蛇或虫子的那种,吓得往一边蹦跶。有一天,冷不丁地遇见,场所还是在母亲的厨房,有着大蒜味的厨房,他向"我"求婚。"喂,你,对我有什么意见?"他说话的当儿脸色发灰。马上想结婚的理由说来说去最重要的一条就是"我"母亲有一套房子,要是他和"我"结婚的话就可以住在这里,不用另找住处了……如果现实婚姻是这个样子,为何还要这个婚姻呢?但残雪写的不是婚姻的表象,而是实质下的实质。

只有弄清了人物内心的底蕴,才会明白这种古怪婚姻的根源。

无论是阿梅还是老李,都是内心特别缺乏安全感的人,需要绝对封闭的空间,需要从与他人的共处中逃脱出来。他们的日常反应呈现出精神病患者的症状,如阿梅害怕邻居家墙上的洞,夜里用被子紧紧地蒙住头;老李在婚后第二天,独自睡在自己搭的阁楼里,以及他们最初碰面时彼此的惊吓,等等,幻觉和焦虑使他们内心过度紧张、恐慌。

他们害怕被侵袭,把迎面而来的一切视为异物、侵袭者。因此,老李从家里出走后,人也显得漂亮了许多,那种喜气洋洋的样儿完全是一副单身汉的派头。日常人无法忍受漂泊、孤独,把婚姻视为港湾,视为安全的庇护所。但过于缺乏安全感的人,在婚姻中反而会更缺乏安全感。他只有不在各种关系之中时,独自一人时,才能略感安稳。

细心观察一下,我们周围日常婚姻中的男女,大多如残雪小说中写的"一眼就能看出的,身子软塌塌的",那是稳定性生活滋生出的懈怠,这懈怠日复一日融进一个人的容貌和血液。

但是从婚姻中出来又能改变多少生存的本质呢？

从阿梅这个人物身上，可以看到一切都没有改变。老李又恢复了和母亲以往的那种关系，阿梅和老李碰巧遇见时，还像从前没结婚时的情景。随着时光流逝，这些也没了，老李杳无音讯，母亲把房门紧紧地闩上，为的是不让"我"去打扰她，她自己也感到会不久于人世了。阿梅从来就没抓住过什么，也没有抓住什么的愿望，现在亦是。

这篇小说，叙事的角度不是来自叙事者，而是来自人物阿梅，所以看不出叙事者也就是作者的情感反应，阿梅作为所有生活的旁观者，情感基调是冷漠。

阿梅从来就是所有生活的旁观者，也是她自己的旁观者。因为旁观者对一切的了然于心，所以发生的一切好像都与她无关。譬如母亲与老李的关系，母亲、老李对"我"的态度，阿梅的反应比旁观者更旁观。母亲、老李……这些都是阿梅认识自己、认识这个世界的镜子，从这里阿梅感觉不到任何温度，是因为阿梅心中没有温度。这是本质下的本质。

因为阿梅是一个被虚无感所笼罩的人，她已经与尘世的欢乐绝缘。她被抽空了生存的立足点，她不是母亲的女儿，不是丈夫的妻子，不是儿子的母亲，她没有任何确凿的身份。她在这个世界上，最强烈的感觉就是恐慌。儿子的鞭炮声令她恐慌，一阵风声也摧毁着她的神经。这样的人要活下去是多么的艰难!

虚无感本身就是一把双刃剑,本质的东西伤不了有虚无感的人,她们已经同质同构;但一般现实可以划伤有虚无感的人的神经和肉体,甚至连最柔弱的虫子也要挤占她的空间。残雪的很多小说都写到虫子,这种意象,也是人物肉体之身的感受——黏腻、不洁、不踏实。

至少在这篇小说里,人物阿梅没有逾越虚无的能量和冲力,她只是在虚无中艰难地活着,并没有与之搏斗,没有显示出个体生命的力量。这就是残雪的小说与她所喜欢的卡夫卡、博尔赫斯等经典作家作品的距离。

尽管残雪的小说起点很高,绝对是向内挖掘的写作,小说中没有一个人物在世俗伦理中停留、获得满足,但由于残雪写作理念上的高度理性,言语表达又非常地潜意识化。她太信任潜意识王国了,这两个极端的元素合在一起,使残雪的小说更多地显出怪异,而不是辉煌的艺术力量。或许,这就是读者感觉不到来自作家内心理想主义风暴的深层缘由。

三、残雪这样没有世俗面目的作家,自我建立起精神的通道

这里包括残雪对自我的阐释,对和她同类的世界文学大师的阐释。在此主要谈后者。

无论怎样,在这样一个以世俗成功、享乐为流向的时代,残雪这样纯粹的作家更是值得尊重。她那种向内挖掘,不借助世俗哀乐、暗无天日的写作,需要多么大的精神支撑和心理消耗!

从写作发生学的角度来看,残雪的写作在当代中国作家中是罕见的——自始至终都不与现实和传统的中庸文化和解。她的文字都是从精神炼狱里打捞出来的,没有世俗的面目,获得不了来自主流的奖项。读者和评论者的反应还大多是错位的,缺乏相应的交流,甚至错误的回应也不是太多。但她的文字中,没有对自身的怜悯,没有伤感,她决绝地向前走着……她写作的力量来自内部,来自她个人不断修炼的精神王国。这是很多聪明的写作者都不愿面对的,没有能力面对的,或者是走着走着撤退了,撑不住了。这种写作需要极大的精神动力,这里面肯定有创造的快乐,但更多的是苦行。

残雪也许是太孤独了,她需要在世界文学的谱系中找到自己的同类,找到自己在历史中的精神脉络。前些年,残雪对《神曲》、莎士比亚、《浮士德》、卡夫卡、博尔赫斯、卡尔维诺、鲁迅的《野草》等,做出了独一无二的解读。刘再复这样评价她:"残雪是一个真正进入文学状态的孤独者,在城市的喧嚣中默默走进经典并与历代大师相遇的奇才,也是在浮华的时代里平实地生活和扎实地写作,而保持文学尊严与灵魂活力

的'稀有生物'。"(《趋光运动》封面推荐语,上海文艺出版社,2008)

的确,残雪的这些阅读札记,是我读到的中国作家所写的此类文字中极凝聚、极用心,也是极耐心的文字。

残雪注目于这些把人性的战场从外部移到内部的作家,借助隐秘人性而不是头脑推理来写作的作家;他们把目不转睛的残雪拖到了他们的艺术世界里,或者是他们奇妙的讲述带出了残雪内心的感触,更可能是残雪在拉他们一起讲述那个与物质世界对峙的独立不依的精神世界。

残雪曾借卡尔维诺讲:

一位作家,如果他不满足于描绘"外部"世界(表层自我),并借助这种描绘来透露出心灵(深层自我)的存在;如果他的渴望导致了最狂妄的野心——要创造出一个独立不倚、完全透明,如同万花筒一样变幻的魔法王国,他的追求就必然促使他走上卡尔维诺这条绝路。……能否绝处逢生,是每一位纯文学作家的试金石。外部世界壅塞着物质,一切有生命的东西都正在逐渐变为坚不可摧的石头,精神被挤压得无处存身。然而世上还有艺术家。(残雪:《把生活变成艺术:我的人生笔记》,时代文艺出版社,2007,第64页)

残雪是这样的清晰和坚定,她是用写作实现信念的典范。她相信文学能使人在内部建立起同颓废、俗气对抗的勇气,使人在承受痛苦的同时变得强大起来。"只要处在伟大的追求境界中去完成自己,就是最大的幸福。"这句很高调的话看起来不像出自小说家残雪之口,但真是残雪在《我心目中的伟大作品》一文中讲的。她是当代作家中少见的坚守信念的作家,讲出这样的话也很自然。但愿,也相信残雪是这样幸福着的,要不然怎么能坚持这么多年呢?

残雪也在不断地自我阐释着,似乎她认为自己是最能阐释自己的人,她已经不希求同时代人对她作品的反应及评价。她在阐释新作《新世纪爱情故事》时,曾这样讲:"我现在应该可以说是通过理性强力控制下的潜意识写作,展示了我们古老文化的深层魅力吧。……我的写作同我的世界观是一致的。三十多年来,我一直不妥协地批判我们传统文化的腐朽方面,倡导向西方学习。我深信,没有西方文学和哲学对我的个性的塑造,就没有今天的残雪。正是这种批判立场促进了我的中国式的创新,而这是外国同行们很难做到的,也是我的文学所吸引他们的地方。"(来自残雪新浪博客,2013年11月29日)

任何一个片段的摘引都可能是断章取义,但可以看出,这些关键词——理性强力、潜意识写作、个性、批判立场、中国式创新,的确是残雪文学生涯中的重要标志,是接近她幽密精神通道的几束亮光。

对于残雪这样的作家,暂且放下情绪判断,应更理性地看到,她的存在对于文学多元化的意义。

原文发表于《创作评谭》2015年第4期

思想与记忆

老一代学人的精神气象
——作家型学者孙荪先生

新时期文学以来,河南文坛上的"三套车"——孙广举(孙荪)、刘思谦、鲁枢元,也是中国文坛上的大手笔,都曾引领时代人文精神和文学理想的潮头,并深深影响了几代读者,这影响还将在时光中持续。这三个重量级的评论家使河南文学大放异彩,应该说,那是河南文学评论界的黄金时代——不仅影响了河南作家,也是影响整个中国文坛的时代。

2022年7月,被誉为"中国女性文学学科奠基者之一"的刘思谦教授去世,鲁枢元先生撰文怀念这位学界大姐,回望他们三位之间的深情厚谊,读来令人慨叹。在漫长的人生中,在文坛内外,他们从不文人相轻,而是精神相惜、互为珍重。"冰雪遮盖着伏尔加河,冰河上跑着三套车。"跑在河南文坛上的这"三套车",自20世纪80年代文学的春天,彼此助力辉映。

他们是有文学理想的一代学人,恰如孙荪一篇思想随笔的题目《理想:文学的太阳》。他们有生命的厚度,人生的历练,学识的贯通,他们既是学人,也是作家,都能用两套笔墨写作——一手开创性的理论评论,一手才情智性的散文随笔,一如现代文学大家,创作和研究相结合。他们能把评论写成独一无二的创造性作品,又能在文学作品里呈现他人所不及的思想力。这里先写孙荪先生。

我和冯杰在协助编辑孙荪文集的过程中,发现他很早就从哲学高度思考文学问题,如发表于1980年代初《文学评论》上2万多字的理论长文《论偶然在文学创作中的作用》,后被《新华文摘》全文转载,并收入《中国新文艺大系理论卷》。这是一篇文学的哲学,哲学的文学。他对文学与时代关系、偶然性与必然性关系的思考,对当时"只有成熟,没有成长;只有结局,没有过程。人物一出场即高大完美"的典型化、类型化文学模式等,进行了前所未有的理性剖析与引导,以致刊物不得不打破篇幅常规来发这样的重文。这篇文章放在今天依然不过时。他写于20世纪末的恢宏长文《文学豫军论》,是最早全面论述河南当代文学发展历程的专论,尤其是对小说创作的精准总论,成为后来者谈论河南文学时的经典依据,也使"文学豫军"这个名字在中国文坛越来越响亮。

除了理论评论和对河南文学做整体性研究,孙荪还对前后几代作家、各种文体的作家做个案研究,给不少作家写过不止一篇评论。如:他几乎给张宇每个阶段的作品都写了评论。给李佩甫写过两篇重要的评论,一篇是评《红蚂蚱 绿蚂蚱》。在所有关于李佩甫的评论中,他首次发现并肯定:"假如说李佩甫在小说创作的路上有过一次真正沉醉,那就是写作《红蚂蚱 绿蚂蚱》的时候。这种沉醉渗透在他所描绘的乡村图画中。"从这篇小说开始,李佩甫找到了他背后的大平原,开始清醒地把那平原作为写作的故乡。孙荪的这篇评论,带着发现的惊喜。我觉得也是写给每一个写作者的——当作家沉醉于自己的写作中时,也就找到了自己。另一篇是评李佩甫的巅峰之作"平原三部曲"首部《羊的门》。作为河南文学界的领军人物,孙荪欣喜地看到文学豫军"书成人长,作家在写作中成熟起来,发展起来,走向新的境界"。

　　孙荪和鲁枢元不约而同地写过河南最优秀的诗人之一——苏金伞晚年的诗歌评论。老诗人的诗情、诗才,尤其是创造力,让他们写下艺心相激励的评论。孙荪《挽老乔》一文中,充满了痛惜之情,乔典运留给他的"全是笑的形象,一张中年农民式的经历过风霜的枫叶一样的红脸膛,眯眯笑着,有时笑咧着口……"由于时代原因,被耽搁的时间太多了,在本该写出更好作品时,他的生命又要结束了。他写道:"老乔,你苦哇!"在他的笔下,这样"苦"的一个作家却那样笑着,或者说,这样笑着的一个作家却那样"苦"。真是"笔落纸上,文字流露出作者不尽的人生况味"。这句话出自《孙荪文论选》,我觉得他在自己的各种文体里实现了。

有时我忍不住叹息,老一代学人文字里的那种精神重量、澄澈智慧,让人心领神会、韵味无穷的那种传达,为何在今天的绝大多数文字里不见了?

1986年,孙荪的第一部文学评论集《让艺术的精灵腾飞》出版,鲁枢元便做出了如此评价:"他的评论文章始终怀抱一颗诚挚的爱心,多能设身处地、推心置腹、紧贴作品、娓娓而谈,读来十分亲切感人……他的理论文章则具有繁复详尽、鞭辟透里的风格,常能于微言处发其大义,于细末处见其精神,启人之若有所思,道人之难以尽言。"是的,老一代学人"始终怀抱一颗诚挚的爱心",当下的人们更多怀抱的也许是一颗现实功利之心。

《风中之树——对一个杰出作家的探访》(人民文学出版社,2002)(下文简称《风中之树》),是孙荪的评传体代表作。在2002年秋天召开的《风中之树》研讨会上,老作家张一弓激动地说:"如果早些年看到这本书就好了,那样还可以早点修正自己的人生和写作,现在自己像个老兵,扛着一杆老枪,走在快要下山的夕阳里,总算借机彻底反观一下自己的创作之旅。"李佩甫认为,"一个评论家和一个作家,只有熟到了骨头里,才会有如此到位的透视和剖析"。

对于一般评论者,所评对象显得更重要;对于大评论家,他不会受限于所评对象,他的评论也是另一种创造。孙荪选择李凖,这个从中原大地上走出来的作家,也是中国典型的现实主义作家,一个快要被年轻人遗忘的作家,用几十年的时间跟踪研究他,为他写评传,十年来四易其稿。他没有因为李凖是文化界的领导,彼此是朋友,而回避一些尖锐的话题,也无意贬责一个作家的道德品质。他把李凖看作中原作家及中国当代作家的标本,借以分析家庭、社会、时代、自然、地域文化对一个作家多方位的影响,分析这片土地上的作家的创作心理史,同时描述和反省一个时代的文艺思潮和共同的经验教训。

他在书末讲道:"李凖有许多东西,与我们,起码与我是相通的。他的成功和失败,对我们后来者都有借鉴意义。"孙荪在解读作家李凖,也在反观自己,像在做病理学的切片研究,这是一本写起来令人心痛的书。

当今评论界极少有人能这样整体性地研究一个作家,在坚实的个人经验和历史真实的基础上,去探讨一个作家的成长史、心灵史,去透视一个复杂多变的文学时代。《风中之树》,这部根植于中国本土经验的不随风飘摇的大气磅礴的评传,在中国当代文学批评史中应是醒目的路标。

在这部评传中,孙荪对于作家内心矛盾和情感微妙变化的把握,对于细节的敏感以及让人心惊的描述等,让你感到一个杰出的批评家也是一个杰出的作家,否则他很难看见,也很难表达出生活和艺术中那些变化着的缠绕着的奥秘。

事实上,我最早记住的是散文家孙荪,"60后"一代人的课本里有孙荪的《云赋》。直到今天,孙荪散文一直成为多种选本、课本的优选,如《鸟情》《庐山落霞》等多篇选入小学、中专、大学教材,海外中文教材《标准中文》,香港中文阅读在线等。后来读孙荪散文集《生存的诗意》等,感到他的天性和学养,使他能理解人生的全部风貌,享受人生的种种乐趣;他有学养浸润的儒雅,有理解力涵养的宽容,有理性精神、道德感和彻悟而致的沉静,以及审美的山水情怀,使你不得不叹服文字背后的这位东方智者。还有一直让我感佩的就是孙荪先生对待文字的较真态度,让我这个算是对文字认真而敬畏的人,从来都感到自己的草疏和欠缺。我想这也是孙荪散文和他所有的著述被持久广为认可的原因之一。

作为河南省文学院第一任院长,孙荪主编的《河南新文学大系》(理论批评卷、散文卷)、《图说河南文学史》、《中原文化大典》(执行总主编)等,都是属于创建河南文学史、文化史的大工程;他以睿智的目光选调文学新人,如今日活跃于中国文坛的一代作家邵丽、乔叶、冯杰,当时都是从基层选调到文学院,可以说,他为培养文学豫军做出了卓越贡献。

对于孙荪先生,如果说还有什么遗憾,那就是这些文字工作,尤其是55卷本的《中原文化大典》编撰,过度损耗了他的视力,他只能先放下一生心爱的读与写,如他本要写的《二月河评传》,也只能放下。他与二月河一生相知,其他任何人写,都无法代替,这个遗憾属于文学史和无数读者。不能看小字的孙荪先生,日日修炼书法艺术和书法理论,又成为当代书坛上令专业书法家惊叹的一道风景线。在人生的每个阶段,孙荪先生都是大家手笔,是我们年轻一代生活和艺术的师者。

原文发表于《河南日报》2022年12月23日

独立的学术研究风格
——读鲁枢元新版《创作心理研究》

1990年代初,我跟随鲁老师读研究生时,我和我的师兄们更迷恋俄罗斯和欧洲文学作品,其次才是理论,但我看到鲁老师在学术中的状态,类似我们读小说的状态。当时我既迷惑又好奇,有一次就问鲁老师,鲁老师好像觉得这不是个问题,他说:"我可以把理论当成小说读。"这个回答让我的迷惑并没有减轻。

但是,在以后的岁月里,我慢慢地明白了。

以《创作心理研究》为例,我讲一下我所理解的鲁枢元先生的学术研究风格。

鲁枢元先生在每一个阶段的研究,和同时代学者相比,都更关注人的内心。

1980年代,各种西学思潮涌入中国,学界流行方法论和文化批评。鲁枢元先生在1986年的《文艺报》上发表的《论新时期文学的"向内转"》一文，在文学界引起广泛反响和争鸣。与此相印证的就是这本《创作心理研究》。

这本书，是对个性化的作家主体的研究，是在心理学的层面上，对作家自己也难以把握的创作过程的研究。他研究的既是主体，又是动态的过程。无论在当时还是今天，都可以看出其难度，因为他研究的是那些更丰富的心灵心理活动的奥秘。这奥秘吸引着研究者，也吸引着读者。20世纪80年代版的《创作心理研究》，在当时的文学创作界反响热烈，引起很多作家的关注和共鸣。从1985年到1987年，三年之内3次印刷。

和20世纪80年代的版本相比，这本新的《创作心理研究》置换了不少内容，但一些基础性的内容还在。时隔将近30年，再读这个修订本，我觉得它所展现的学术路径，既没有人超越，也还没有人接续上，成了中国当代文学研究的一个特殊的地标。这本书和当代学术书明显的不同，就是它有一种类似我曾经迷恋的那些外国文学作品一样的席卷力。构成这种学术魅力的因素何在？除了上述所讲，研究对象中对作家内心和创作经验的关注，同时，还有研究者本人的因素。

鲁枢元先生的学术研究，是一种充满激情、兴趣和活力的原创性研究

2012年，我和鲁枢元先生的一次对话发表在《文艺报》上，他说过这样一句话："我们不能总是求告别人的脑袋，不管它是柏拉图、亚里士多德的脑袋，还是尼采、德里达的脑袋，做学问最终恐怕还是只能依赖自己的脑袋"。

事实上，我们今天的文学批评就变成了这种求诸西学的大而无当的文化批评，学术文章变成了模式化的复制品。20世纪重要的思想家之一本雅明，写过一篇名为《机械复制时代的艺术作品》的文章，和一本名叫《迎向灵光消逝的年代》的书，基本可以概括今天我们学界的面貌。原创、灵光和思想都是我们今天的学界所缺乏的。

这本《创作心理研究》属于原创性研究，鲁枢元先生描述他最初做研究时，是凭着自己"裸露的生命"与"神往的心"，像一个孩子玩积木游戏，兴致盎然地拼接组合那些斑驳的知识碎片。他说，20年前要想在国内书店找到一本生态学的书，30年前要想找一本心理学的书，全都一样困难。然而，他却在知识准备、技能训练几乎一片空白的时候迈进了这些领域。

翻开这本书，就能感受到作者的研究激情和艺术理想，一

本研究性著述有着如此活力,呈现着学术的美好,无论在当时还是现在,都可谓罕见。

关于鲁枢元先生的学术轨迹,我总结过这样一段话:

鲁枢元先生坚持把学术研究看作一种特定的、持续的精神状态,他每个阶段的写作都对当时的学术惯性起到一定的矫正作用。当他把他的思考和体验以切实而诚挚的态度传递给我们时,总能让我们感觉到当代学人某些可贵的气质与品格。

因为从敏感的内心和思想着的头脑出发,鲁枢元先生总是能敏锐地预感到时代生活的问题。比如,他在这本书中谈到了他的忧虑,他预感到中国人的精神生态正在恶化,并说这种恶化是由严重的生态失衡造成的。今天,这些都已成为事实。前几年《南方周末》做专版,追溯生态研究在中国的进程,发现鲁枢元先生原本是开创者。

学术思想的现代感,东方智慧和西方思想的融合

在我们中原这块土地上做学问,很容易做得平庸,很难做出世界感和现代感。鲁枢元先生的学术气质,超拔于地域文化,有自由的性情和现代性的思想,而他的思想底蕴又是有东方古典情怀的,有种融贯中西的大气象。

从这本书可看出,鲁枢元先生在学术研究中,将东方智慧和西方思想融合。譬如,他对中国古代文论中的"神韵说""境界说"与西方现代心理学中的格式塔理论的契合点和差异性研究;他在中西相通的艺术神韵中,讲文学作品的生气灌注。

1980年代以来的这种人文理想一直流淌在他思想的血液中。如他最近几年的陶渊明研究,且不说荣获了"鲁迅文学奖",要说的是在这个利欲熏心的时代,他在文学研究中,为世人点燃青灯一盏,重新发掘人间自由、美好生活的本源。他的人文理想,使他的研究具有这个时代最缺失的精神气质。

我跟随鲁老师读书期间,记得鲁老师对中国文论中的老子、庄子、魏晋风骨、性灵派等比较看重,他让我们多关注金圣叹。这个明末才子奇人评注的"六才子书"还在其次,我想他更推崇的是金圣叹作为一个批评家的性情。金圣叹在监狱里快要被斩首了,难以释怀的居然是才子书评点尚未完成。后来,我一位师兄的毕业论文,就做了金圣叹研究。由此可看出,鲁老师的研究性情里倾向于什么。

在世界文化背景下,关注世道人心

从这本书和后来鲁枢元先生的跨界研究,都可以看出,他的研究跨越中西和古今,有种自由和大气的品质。他对于现代工业社会的反思、对现代社会问题的反思,一直贯穿在他的学术研究中,他学术研究的基石,可以说就是对人的精神性的关注。关于这本书,李佩甫先生也谈道:"文学创作实际上也是对生存状态的一种研究,研究如果不进入精神,它的价值意义也就不存在了……可怕的是,一些作品总是陷于具象社会阶段性的再现……这种阶段性的思考充斥当代文学作品,将来也会成为一种无用的东西。"学者和作家在一定的境界殊途同归,那就是在历史的长河中,在世界性的文化背景下来研究和创作,来影响世道人心。

学脉里有师承、有敬畏、有规矩

鲁枢元先生在学术之路上,曾得到钱谷融、王元化、蒋孔阳、徐中玉等一代大家的无私扶持,并成为忘年的精神盟友。我在鲁老师这里,似乎还能感受到现代文学时期学问人的那种风范余绪。譬如,鲁老师做学问从来没有今天学界的那些趋时趋势的机灵,用他自己常说的话,更多的是"笨鸟先飞""以勤补拙"。在与鲁老师的相处中,有很多细节让我感动。当年鲁老师搬家,我帮他收拾书架时看到厚厚的一大本方格纸手稿,翻到最后一页,没见一处涂改,像艺术品一样。我问鲁老师,怎么一个错字都没有?鲁老师说,已经誊写几遍了。作为鲁老师的学生,我感到荣幸,也感到压力。至今,我写文章无论大小,一律要打印出来,在纸上慢慢看一遍,我也希望不要有一个错别字。

这本书中,钱谷融先生在序言中引用了尼采的两句话,一句是:"一切书籍中他最爱读的是用心血写的那一类",另一句是:"作家总是把最美好的东西全部倾注到他的作品中"。我觉得这两句话,用于评价鲁枢元先生的学术和创作,倒也贴切。

原文发表于《文艺报》2016年7月15日

何弘与河南文学印象记

1990年代初,何弘从南开中文系毕业到河南省文联工作没几年,我即将硕士毕业,那是我们人生的清晨,有大把的时间用于美学生活。何弘和我时常为一份经济拮据的报纸《文化艺术周报》组稿、写稿,毫无报酬,仅因喜好文学和精神气场……多年后,忆起这份早已停刊的报纸,记得很清楚的就是审美脱俗的钱大梁主编筹划报纸的未来,想留用几个年轻人时,数次向我讲过和何弘合作的好。

时光飞逝,转眼间就是人生的正午。2012年8月,第19届世界图书博览会期间,在首都图书馆报告厅,何弘独自坐在侧方台上,握着话筒,从容、大气、睿智,准确而又得体地把每一位河南作家介绍给首都观众——他对老中青每一代、每一位作家都相当了解,从宏观的把握到细节的描述,他都能敏捷地把握好。作家们一一上台向听众讲述自己的感受。在投影屏上,有每一位作家的个性化介绍,可见会务组的精心操持。此时的何弘,更像是文学专业主持人,作家才是舞台主角。接连几天,一系列以"中原文学崛起"为主题的活动中,河南作家作为中国作家馆的主宾,再次成为文学界以及社会各界关注的热门话题。活动结束后,我接到新华社一位年轻记者的电话,说要采访一位河南评论家。我说:"你采访我们省文学院院长何弘吧,他比我更了解河南文学。"他说:"就是要采访你的。"我才知道,何弘给每一位参会者都安排了被媒体采访的机会。诸如此类的事,如果不是偶然发现,也许不会知道是何弘为大家做的。

在文学圈内,"厚道"这个词可是不常用的,但熟知何弘的人,大多称赞他做人的厚道。是的,何弘有着为人为文的厚道。

何弘的文学评论集《我看》(2009),大部分内容是评河南各地的业余作者的,可以说,也是一本为文厚道的书。面对各种作者让写序或评,作为河南文学的领军人物之一,何弘好像说不出拒绝的话来。这些书并非都是他想看的,但出于呵护尘世间的温暖,更是出于义务和责任——给作者鼓励或指导,他就去认真地读和写。同为评论人,我深知评论是件苦差事,写一篇短评得把几十万字的作品读完,还要找一个清晰的角度回望或俯视,给出一个较为准确的定位和描述。认真地评论,仿佛是从巨量的海水里来萃取盐。前辈评论家孙荪老师、同时代人何弘,认真地为河南作家们写了那么多评论,他们是我的榜样。

在各种前提下,何弘几乎把新时期以来河南专业作家和业余作者出版的长篇小说、小说集、散文集等都读遍了。可谓把河南文学了然于心。因此,在河南文学向国内外的传播中,何弘能做出全局性的准确判断和表达。如在2010年11月由中国作家协会和河南省委宣传部主办的"坚守与突破——2010中原作家群论坛"上,何弘作为材料组的总负责人,提出"新时期及近十年来,河南作家能取得突出的成就,究其经验,最为突出的就是作家们形成了关注现实的优良传统,他们以强烈的现实感和深厚的历史感为基调,把艺术创新与内容厚重很好地结合在一起"。他在河南文学的优势也是问题的基础上,提出走向未来的路径:"希望河南作家在坚守'关注现实的优良传统'的同时,涵养更为宽广的世界观、文化观和人性观,更主动地和世界对话,要有全人类的观念,在人类之爱的大背景中表达复杂的、核心的本土经验和地域文化,在人类的普遍性中来看当下现实的特殊性。"这段话,放在今天来看河南文学、中国文学与世界文学,都不过时,甚至更有现实意义。在全球化遇阻、局部战争仍在发生的今天,作家宽广的世界观、文化观和人性观,在人类之爱的大背景中表达复杂的、核心的本土经验和地域文化,才是未来文学的希望。

何弘是一个厚道的文学领军人物,更是一个清醒、睿智的评论家。他深知并尊重专业底线,即便是以河南省文学院院长的身份对外发言,他也不会立足于本位主义,而是把河南作家放在世界文学的大背景中来看,这样是对河南文学的品质负责,更是对作家的未来负责。

何弘在河南主持文学工作的那些年,是疫情前的岁月,几乎每个月在省文学院都有一次专业研讨会,以河南作家的新书为主题,也延伸出更多的文学话题。除了对河南文学有所助推,也为作家和评论家提供了彼此交流碰撞的机会。河南尤其是郑州高校的评论家几乎都被邀请或吸引到了这个文学现场,何弘也借此建设了河南的文学评论队伍。有何弘在场的研讨会,有文学史和学识的调性,不会跑调;有对河南及中国文学界的感性了解,不会有学院派的模式化。作为其中一员,多年来,这里是我的另一个文学课堂,受益良多。对何弘营造的这个文学空间,我心存感念,但至今一杯清水也没请何弘喝过。他还总说,感谢大家的合作。

文学和区域文化需要这样有公益心的人物来厚道地负责。如多年来,他所主持或参与的项目:"中国新文学中的文学豫军""河南文学史展览"和"图说河南文学史"等;主编或作为主编之一完成的:《走在重振雄风的路上——改革开放

30年的河南文艺》、八卷本丛书《经典河南》、《中原学派文库》等,都是研究河南文艺不可或缺的重要文献。还有近年来,他领衔主编的"河南文学作品选",包含各种文体,把每年优秀的河南作家作品选辑出来,至少保存一份当年河南文学的概貌史料。

何弘的文学工作也为他的评论写作提供了鲜活的史料。如他的评论随笔集《朋友们:中原文人谱》(2019),便是他对河南作家、艺术家朋友,用文字描摹的50幅肖像,也是他们在他30年来的文学工作和生活中留下的精彩记忆,具有独一无二的史料性和可读性。

其实,何弘不仅对河南文学深有把握,他对整个中国当代文学也都很熟知。作为包括茅盾文学奖、鲁迅文学奖等在内的多种重要文学奖项的资深评委,何弘首先是纳博科夫讲的那种认真的读者,这让他成为称职的、能够讲出文学理想的评委。在评奖的过程中,何弘写下了大量的阅读笔记。如他对莫言《蛙》的评价和总结,正是后来莫言荣获"诺奖"的显要理由。

虽然文学工作挤占了何弘大量的创造性时光,但他在每个时段还是写出了引领时代的灵光和厚重之作。作为评论家的何弘,岁月验证了他的前瞻性眼光,如他20年前的专著《生存的革命》(2000),他在1990年代中后期写的这些文字:网络对集权的消解,生存的网络化,网络写作的特点与可能,我们的新处境等等。那时很多写作者都还没有使用电脑,更不要说使用网络了。又过了一些年,我才感觉到,网络对我们生活的影响力,发现我们的生活早已被何弘预言过了,淋漓尽致地分析过了。因为意识到全球化网络时代,作家必须走出去才能更清晰地认识这片土地,何弘策划了一系列活动,都是为了让河南作家参与到与中国文学和世界文学的对话当中。显然,何弘的新思维有助于把从农业时代走出来的河南作家推到更广阔的世界平台上。两三年前,何弘调离河南,到中国作家协会主持网络文学工作,仿佛因缘早已存在。我虽感慨何弘调离了河南文学界,但更祝福在中国网络文学舞台上的何弘,欣喜地看到他为中国文学做着更重大的事情。

对于一个评论家,前瞻性在某种程度上也是创造性,何弘比同时代人更早地透视了一个时代,透视了我们的生活。还有,如他的文学文化论集《探险者》(2005),探讨了什么正在影响我们的生活,什么又即将影响我们的生活。

何弘和吴元成合著的《命脉》(2017),和尚伟民合著的《粮食,粮食》(2021),这两部长篇纪实文学,深沉深情,厚重辽阔,令人震撼。《命脉》是关于南水北调与移民记忆的一部大作,有大河奔流波澜壮阔的气象,以宏大的格局和人类水文明史的视野,呈现出历史和现实的方方面面。作为这块土地上的儿子,作者带着来自家乡无形的重托、义务和责任,带着几代人的情感记忆,也带着自己刻骨铭心的记忆,有最可信的真实情感和经验凝聚在其中,这也是纪实文学中最难得的。作家周大新深情称赞它"是一部饱含感情、把发掘人间真爱当作全书创作主旨的动人之作",他说:"这本书应该发给北京人每人一本,让他们看看,要节约用水、爱惜水。为了让北京人喝到水,我家乡的人们做出了多么巨大的牺牲!"

《粮食,粮食》在人类文明的视野中,以河南为样本,以文学的方式全面反映我国的粮食问题。如讲述了中国农耕文明和饮食文化的变迁,粮食与人类发展的关系,中国各个时期的粮食政策和粮食生产状况,饥荒、粮食的匮乏与父辈的生活。同时居安思危,引导人们科学理性地认识土地和粮食,关注国家的粮食安全……这些对于没有经历过饥饿年代的年轻读者,更是必要的提醒。我虽在河南生活了几十年,读了这部作品,发现自己对身处的这个农业大省也只是略知表象。如河南在实现从"天下粮仓"到"国人厨房"再到"世人餐桌"的转型发展,在确保国家粮食安全方面的重要担当,让我感受到中原大地所承载的前所未有的使命。

原文发表于《河南日报》2022 年 12 月 2 日,
原题《评论家的责任与担当》

撬开我们板结的习惯和观念
——读艾云《我的痛苦配不上我：女性的宿命和忧伤》

初识艾云,是在1990年秋天,那时艾云在郑州《莽原》工作,她和王鸿生、耿占春一起时常到郑大鲁枢元先生的文艺学教研室,给我们几个研究生授课。多年后我曾写下这段札记:"当时艾云带给现场的是视觉的理想,是一种飞扬感。她的眼神、神情,她整个的人,挣脱尽了凡俗的痕迹。她让所有的人感到绝对的自由和温暖,因为她以极其诚恳睿智的方式,保护或者发现他人的尊严。"这样讲来,艾云应是我的老师,但我从来没有这样感觉过,从来都是直呼其名。艾云和任何人的交往,都属于审美人生中的自然交往,没有任何社会化和角色化的成分。

1992年,艾云调离郑州到广州。曾有几年,我几乎和文学界完全脱离,唯有艾云的信笺,牵着我的心向着明媚和秩序提升……甚至有一天,艾云跑到我的窗前,急切地喊"海燕,海燕",那时没有电话,从广州回到郑州的艾云循着信址找到了我的住处。在世俗化的语境中,我是百无一用之人,艾云这样对我,纯属精神交往。我知道,艾云有众多的精神盟友,她有着旺盛的精神能量和生命气场。这样一个身心美好、高贵的人写作时,该是怎样?

艾云曾说,写作、生活,一点都不能偏的。人最终完成的是一个美的造型。艾云写作的出发点,很像她一本书的名字《为自身和历史》。艾云的写作始于对个体肉身之人的追问,沿着个人生存的真实情状而展开,在对自身的欲望、罪感的施洗中,对有限性时间的深刻体验中,找到她要说的真和准的话。拯救从自身开始,这使艾云的声音一开始就有了可信、可感之处,不是宏大道理的代言人,却在普通中高贵,在沉沦中拔擢。多少年来,尤其近年来,中国学者习惯于宏大叙事,习惯于对西方理论的阐释与演绎,却忽略了对自身的打量、拷问以及负责。艾云不摆着学者的架子做学问,她认为身心明媚的女人才能给世界以鼓励,她迷恋现世的细节与美好,却又窥见了深渊——历史的、人性的、文明的、艺术的真正脉络。她在对于自身经验和整体性生活的反省与追问里,对自身和历史负责。

艾云在不同时段的著述:《艾云随笔·女人自述》《细节

的四季》《此岸到彼岸的泗渡》《退出历史》《南方与北方》《欲望之年》《理智之年》《赴历史之约》,都带有她一贯的求真、求复杂性的思之风格。

艾云对于经验的尊重,使得她的写作带有难得的直接性和生动性,她从万般头绪中扯出的那些问题,都连着我们那根极敏感的神经,无论是个人生活的,还是国家政治伦理的。事实上,杂乱经验的清理俯瞰,不是凭美好的愿望便可去做,它要求有整体生活高度、有综合美感者方可。艾云多年来向着美好聚神的生活,为这写作做好了心性准备;还有就是艾云多年来的西学研读背景,使她的思想参照系在人类生活的大背景中,在人类文明的巅峰。这使她具有了整体生活高度、综合美感和独异的智性,当然还有艰苦的劳作,虽然已不是仅靠艰苦劳作就能完成。我想这应该是现代性写作区别于农业时代写作、知识性写作及功利性写作的一个标志,也是深度写作的一个标志。因此,艾云能够对现代性语境中歧义纷纭的问题或话语做出更人性的理解。如:2006年始,她在《花城》推出的"艾云专栏",2009—2011年连续三年,她在《钟山》的"事物本身"专栏,那些或许在之前我们有所知的人与事,都被她分析与描述出了新锐的内容。这些文字后来结集为《寻找失踪者》和《玫瑰与石头》。

艾云的写作之所以和别人不一样,是因为她具有独立思想的能力。她的写作和她的生活一样,没有受到诸如时代、时潮、文坛的任何裹挟,她迷恋生命之间的爱,迷恋严肃的事物,向着非功利的方向思想与写作。这使她的写作既感性又超拔,一如她带给我的第一也是经久的印象。

了解过艾云的思之历程,便会明白艾云为什么会写出《我的痛苦配不上我:女性的宿命和忧伤》这样一本书。这些年中,艾云心痛地经历了自己的文友如萌萌、余虹的英年早逝,看到或近或远的一些朋友被疾病击中,她自己也曾因早年的不易生活积攒下身体的不适,经历了几年持续的中医调整……她注重经验性的思考习惯,使她自然去思考身体这个载体是怎么回事,个人的悲剧性命运是怎么到来的,精神和肉体该是怎样的互为……

其实,艾云的每一本书都是在多年札记的基础上完成的,都经历了漫长时光的打磨,只是在这一年艾云把它清理出来了。《我的痛苦配不上我:女性的宿命和忧伤》同样也是。在这个眼花缭乱的信息化时代,由于艾云的文字描述的是深度的真问题,因此经得起时间的考验。准确地说,艾方的文字更具有现代性和前瞻性,它惊醒和呼唤着我们看见自身的问题,看见这些问题背后的社会性和观念性因素。

之前,艾云的文字谈论的是生活的界限、表达的终极、伦理的方寸、阅读的提防、文人的处境、艺术可能存在的方式、艺术家的生态与心态、罪与罚、有信与无信的生活、思想史的轨迹、现代性语境中的性态分析、知识分子的认知限度等等,更偏重于精神、审美和生命伦理问题;《我的痛苦配不上我:女性的宿命和忧伤》,简单地讲,就是谈疾病,谈我们怎样才能身心健康地活着,更关乎每个人。

艾云谈论疾病与健康,不是以我们司空见惯的方式。一如既往地,她在整体性的高度观察中,谈人们的习惯性细节和观念。她谈细节,容易让人感同身受;她谈观念,让人认识到问题的本质在哪里,认识到中国人多年来的盲从和昏聩,在这种背景下,我们对自己生活方式和习惯的种种不明察,致使每一天的生活方式和生活态度在我们的身体里积累下病根。观念左右着生活的细节和习惯,细节和习惯关乎着我们的身心健康。只有明白了这些,你才能更好地掌握命运。

如艾云谈道,医生和患者双方布下的魔阵和陷阱——对医疗器械和药物的依赖,尤其是抗生素的滥用,在大环境对你不够负责的前提下,患者要学会找到正确的渠道,进行自我救赎。在艾云看来,无论是普通人还是从事精神生活的人,这自我救赎包括:畅通的脉络、温暖的空气、普通的粮食、必然的劳作,以及由此带来的充沛的血与气。这些看起来简单,其实很难做到,譬如夏季,室内开着冷气,尤其年轻的女性,穿着短裙,受寒而不自觉,再以瘦为美,不怎么吃主食,体内的血气就会减少,积攒下来,就有可能出大问题。艾云在这些年的电话里,也一次次地告诫我,要注意保暖。艾云特别看重温度对于健康的重要性,她用了一个独立的章节《寒凝暗疾》,来谈温度。

在这本书中,艾云写苏珊·桑塔格,这个写了《疾病的隐喻》等著述的杰出女性批评家,毕竟像她这样有力量的人不多,她能够把自身的疾病、受难体验,转化成文化现象,用隐喻之笔,写成人类面对苦难时的普遍经验,最后能够说出,"我的痛苦配不上我"。在《谁的个人悲伤》里,艾云写自我,讨论的是困顿之家出身的人,身体所患疾病的渊源。她写道:"对于人的命运来说,被冥冥中操控的事物很多……无论在什么样的环境中,对自己的生存状态有意识、反观和追问特别重要。有了这种生命意识,实际上已跳出本阶级的局限,拥有了超越中的自由精神。这样的人不会生活得特别无能和糟糕,也就是摆脱了某种宿命论的掌控。"艾云条分缕析地谈道,人拥有生存的觉悟和日常生活的智慧,学会自我呵护,对于个体命运是多么重要。而个体命运的好与坏,又构成了一个民族的历史绵延。"身体属于个人,又不仅仅属于个人。因为当我们在昏聩中迷失时,个人的悲伤将衍化成民族的痼疾。"

艾云说着大时代忽略的小细节,却触及着大时代的深切问题。这是艾云的一贯笔法。正如《寻找失踪者》的编辑推荐语所写:"艾云式的女性思想者,在西方有阿伦特,而在中国,则很难找到与之并论者。"

艾云能在平常的现象中发现真正的问题,说出中国人当下的集体无意识。如她在《唯劳作者可得食》一章中谈到,大多中国男人是前所未有的不讲形象,胡吃海喝、痴肥、邋遢,普遍的粗鄙化。男人之所以这样,和没有自控能力、内心不够强大有关,更潜在的原因是由于他的性别优越感,支撑这性别优越感的又是金钱和权势。这使"中国男女之间,各有所图,他们距离美好的、动人心弦的两性亲密关系还有很远的距离"。艾云总是在说着真相。众多个人形象的不堪,可以看出这个社会缺乏健康的生活形态。

艾云说:"如果社会处在正常状态,那头脑清醒,懂得如何安排自己身体的人,才懂得如何安排自己的工作和日常,推及大的方面,这样的人也才懂得制度的安排。""美好的精神面貌,从来都是社会财富不可或缺的部分。"难道不是吗?!从个人生活到社会生活的粗鄙化,使得我们的水源、空气被污染,食品无保障,交通大拥堵……所有的小问题,在艾云的笔下,都和大问题相连。

艾云总在消解着常规的观念,如她认为,"人的成功,不单指他获得了怎样的地位和金钱,还有他对身体、对健康的认知和拥有"。艾云也总在说出被各种光环性语词掩盖的真相,如人们常把诗人学人的自杀看成是精神性事件,即便是涉及她非常珍爱的朋友余虹的自杀,艾云也不回避真实,"这一言以蔽之的超验之语,于每个当事人是解脱,但对于后死者则是蒙蔽。照我们现在比较庸俗的说法,自杀,是阳气降到最低点的无奈选择"。艾云之所以说真话,是因为她想把自己悟到的这一切,惠及更多的人。

遇到这本书的每个人,或许从此会更懂得如何珍惜自己的身体,在细节和观念上改变自己,活得更健康、更明澈、更美好,再以此渗透和影响公共生活……或许我们的生活史、社会史就是这样被悄然改写着。这个时代我们倍感文字的虚无,但分明又感到文字撬开板结的生活的惊心力量,如思想者艾云的文字……

原文发表于《文汇读书周报》2016年2月29日

从何处思想

——读张宁《内部的时空》

在我们年轻的时候,总以为意愿可以支撑一切,想写作就可以写作,想思想就可以思想,事实上不是的。思想不仅仅需要智力和意愿的支撑,它更需要独特的心灵、自由精神气质和渗透于整个人生的学养的支撑,它要求思想者拥有某种独立于时代和环境的东西。也可以说,这是思想的条件。

在循规蹈矩、日趋肤浅的人群中,在学术普遍地成为职业工具和谈资的时代,思想者肯定是孤独的,他讨厌调和、功利化和各种简单的一般性观念。他在观察和描述这个世界的复杂性的同时,也在强调个人的责任——个人的心理事实和伦理现实。

读张宁《内部的时空》(广西师范大学出版社,2009),使我更清晰地认识到这些。

作为张宁众多的朋友之一,我知道这些年他在学术体制内为坚持有深度品质的生活所付出的情绪代价,在体制外为创造一个包括他的研究生、朋友和民间思想者可以共享的精神空间所付出的各种努力。是天性、宽广的道义与责任、知识者的良知与理想,让他这样生活,让他习惯于这样生活。这个人,他的笑容里有一种从少年时代延续的甜美,精神生活里有一种从1980年代延续下来的热情。他的那些文字是在这种生活根基上产生的。

还是初夏,我读到书稿,想写写这本书背后的这位思想者,张宁发来两封邮件告诫:一定不要写书后的这个"人",虽然他知道我不会夸张地描述一个人。就这样,一直拖到了深秋,犹豫不决该怎么写这个短文。我既不愿违背作者的原则,也不愿违背自己作为一个读者、一个写作者的心愿,但最后还是想说说这个内心辽阔的人。因为,今天有太多的人躲在著述的背后,躲在作家、思想家身份的背后,无视自己作为人的弱点,自我陶醉;有普世之爱、有人格魅力的思想者并不多。

生活与学术互为因果,这本书呈现了一种诚恳思想、真实表达的态度。到了一定的时候,把我们斑驳的内心,把我们叙述机制里的问题,把我们日渐淡忘的刻骨铭心的经验,描述出来,是重要之本。这些难以摹状的复杂性真相,这些悖论,讲究的文体、光滑的语句、单线条的顺畅逻辑是承载不了的,因此,这本书、这些文字不可能是供人茶前饭后消遣的美文。

但这些文字绝不高蹈,不是出于知识推理和观念,而是源于坚实的细腻的经验。作者分析、描述的这些问题,有文学内部的,有现实内部的,有人心内部的,有悖论重重的文化现象,即便是重大问题,如"全球化""现代性"等,也能够落在一个具体的、被经历着的位置上。也就是说,这些问题的表达,情绪的介入方式,离我们都很近,曾牵扯过,正在或将来依然会牵扯我们难言的心情。

多年来,作为学界中人,他对学界的很多问题有深入的体察,不仅是体察,更保持了一个思想者应有的有品性的生活。这种生活可能意味着丧失、再丧失一些利益及社会身份。这样一个人在写作时,已经不想再多写一空虚之句。坚持对于个人真实感受性的表达,对于问题真正的切入与展开,自然是这部著述的特色。

一个思想者的深度言说,帮助我们发现:一个时代的光与影,学界的各种潜规则与风波,缘由在哪里。因此,《内部的时空》在某种程度上也可以看成是作者张宁的精神自传,和我们这个时代学界的某种脉络史。

作者一层层地扎下去分析,沉郁又细致地揭开了我们话语叙述机制里的秘密,原来一些顽固的现象、问题却是我们叙述出来的"存在",话语叙述机制的力量是那么大,又那么容易导入误区。"将历史的瞬间常规化,正是话语叙述机制的基本特征。"作者多年来养就的综合思想能力,总是能激活常规思维板结或达不到的区域。

在这本书中,对外界的反省与作者的自律和自省,始终同时推进,这也是一个思想者的文字之可信的前提。他是思想着的个人,并且习惯于打量自身,这一点很重要。

实际上,很多学界中人,不仅没有学会分析社会和文化,更没有学会分析自己。高调言说着的那个自己,借着对强大之物的依赖,享有着自我豁免权,在道德优越感里,所讲的种种宏论,却总在击伤着他人内心最柔软的部位。学会情境化地分析,尊重复杂性的人性之流露,不要简单地评判,不要陷身于、满足于种种知识连缀和阐释之中,也许,这样我们才能渐渐地学会客观地思想、人道地讲话、宽广地爱红尘世界。

原文发表于《郑州晚报》2010年4月9日

如此热爱创作又热爱理论的刘恪

认识刘恪也不过是今年春天的事情,一些朋友在一起吃饭,其中几个写小说的都是多年前刘恪主编《新生界》时的作者,有的见过面,有的是那天晚上才见面,此时,那份刊物已成陈事,刘恪从京城来河南大学文学院当教授也已几年,但作者与编者之间的那份感念从久存的心底里弥散到空气中。大家为往日的刘恪和今日的刘恪敬酒,刘恪也说,来河南几年了,一直想和朋友们见个面,就那样干脆地喝了几杯。很快,刘恪坐在那里像是冥想,极其安静,后来才发现他是睡着了。于是把他领到沙发上躺下,他醒来回到座位上,也就要散场了。我的邻座说:"大学者就是不一样!"

由于刘恪的在场,那场饭局就有了不同的品质,简洁、诚恳,有美好的语言从岁月和内心深处被想起。

后来,从他著述的后记里、学者王一川和翻译家高兴等对他的评论里、朋友们的传说里,以及现场他的率真又清晰、博学的言谈里得知,刘恪对于文字生活身心潜入的深度、纯度,以及写作的强度,已超出同时代的很多作家,属于在写作中拼命的那种。在他和朋友的对话里,谈到长篇小说《城与市》写作过程中的一些片絮:他被他的小说奴役着,不能自拔。在一个早晨,被散步过来的高兴夫妇发现,他的头已肿得老大。他们把他送到医院,医生说要住院,这一住就是一个月。从医院回来他又继续写,写完的那天,除了眼睛还能转动,全身都不能动了,成了一座雕塑的样子……半个小时之后他才慢慢恢复过来。这像是讲一个传说,一个不属于这个时代的故事。刘恪把经典时代的精神血液带进了这个势利的时代,把拙朴、高贵的生活方式带进了这个享乐、媚俗的时代。

刘恪这种不与时尚俱进、沿着个人和人类的梦想史生活的作家,使我这种无论在现实中还是在与文学有关的场合中时常处于沮丧和虚无状态的人,内心光亮了许多。

但我想,刘恪来河南,最受惠的应是河南大学文学院的学生,这样的教授,可谓百里挑一。其次才是一些文友,从他那里获得精神资源,或者彼此照亮和印证。也许还会影响到更多的人。至于更宽泛的现实意义,很可能是虚妄的。因为,这个时代,体制内的生活已被权势、等级意识普遍渗透,日常生活已被享乐、商业意识贯穿,精神生活越来越成为个人的事情,绝大多数人都在追逐时潮的好处,不会有多少人转过头来注目你一个苦行僧似的作家。

几年前作家墨白就说过,是金子你也不一定能发出光来。因为这个时代的印刷品、信息量铺天盖地,如果今天你被忽略,多少年后更不会有人来翻阅你,因此你发不出光来。现在我比较认可这个说法。一个不会自我营销的作家很可能在这个时代发不出光来,或者说,他很难被时代所认识。

学者刘恪戏言自己是写小说出身的,没想到理论著述却更受读者欢迎。他的第一部诗学理论著述《现代小说技巧讲堂》,发行不久就售罄,对这本书原持保守态度的百花文艺出版社,只好迅速加印几千册。郑州文化路上的三联书店一次进了几十本,相对于当今理论书的普遍销售情况来说,几乎算是奇迹了。很快刘恪又推出了同系列的《先锋小说技巧讲堂》。几年后,也就是2008年,刘恪出版了最显示他独特性的《词语诗学·空声》《词语诗学·复眼》,还有含小说、散文、理论的自选集《耳镜》。书的酝酿、成形贯穿了作家漫长的岁月。这里的《桥,水之驿》可看作是《词语诗学》的延续。

翻开刘恪的这些著述,发现他受到一定读者群的喜爱绝非偶然。首先感到还是小说家刘恪帮了理论家刘恪,真的是写小说出身的。也就是说,小说家刘恪对语言的敏感性、对经验的感受力、把常识和知识谱系现场激活的能力,这一切使理论家刘恪飞扬起来,使他的理论研究不同于学界刻板的论文化写作。

刘恪的思想性文字里,有激情和梦想。他能够摘掉知识的面具,把个人的感受性带进思的语言里,使思想呈现出发生、成长的痕迹,使学术语言有了呼吸,有了活泛的表情。

除了这些,在《词语诗学》里,还可看出,刘恪实在是读了太多的书,随手拈来文学史、艺术史、哲学史、心理学、生理学、地质学上的知识或资料,成为他思想或佐证的原料。思想和惊人的记忆力自由地调集着八方知识,刘恪创造了一种适合于自己的自由表达的文体。

思想的能力和文体意识,应该说是一个学者的独创性标志。

在《词语诗学》里,刘恪选中了30个"词语",有与我们每个人的生命状态隐秘相关的词语,如"记忆""感觉""忧郁""孤独""想象""梦境""情爱"等;有文化场景中经常遇到的,如"神话""人性""符号""自由""平等""权力"等;也有既属于私人空间也属于公共空间的,如,"身体""神秘""寂静""生命"等。通过这些词语,刘恪表达了一个写作者对生命、对文化、对社会、对历史的新锐认识。这本书由于有一个写作者几十年个体经验的融入,有生命的验证在里面,因此书中的语言表达非常贴心。这些文字不像一般的诗学著作,更像是来自人生、文化深处的箴言,其形式接近札记。

譬如,他谈"孤独",首先描述了1990年代的一个场景——自己被孤独袭击时的身心反应。然后他把孤独从个人生命里扯出来,在人类的精神史中来看孤独。要把一句话、一种体验,乃至人类生活中的某种情状表达准确,是很不容易的事情。

孤独不用寻找,它就在那里。

不认识自我,永远无法真正明白孤独的含义。

孤独是一个精神独创者的必修课。

除了智慧,孤独需要意志与毅力,如果没有足够的力量把握孤独,孤独便会伤害你的灵魂,毁灭你的心灵和肉体,可见孤独也是一面双刃剑。

这些文字属于一个沉思者的独白,是独白,不是张扬和高论。一个人在天地间的深度自语,敏感的心灵会有感应的。

这是一个自然身份的人在写作,自由、诚恳、真实。

就像刘恪这个人,看起来很随意、简单,对这个世界没有什么繁杂的要求,但那随意来自自由的心性,自由的心性后面有非常的坚守;那简单是用减法生活以后的余数,因为余得很少,保留的就一定是一个理想主义者生命里必需的部分。

放眼望去,当今众多的学术论著,让读者感到的是一个知名学者、一个文化符号、一个学科建设者、一个信息时代的文化贩卖者、收集者在写作,这些社会身份化和外在性质的"写作",除了正经的架势,还显得很繁杂。

时代的变化,文学潮向的变化,影响了绝大多数的写作者。刘恪是不被裹挟的少数之一,他在自己的写作史里前行。

小说家刘恪2000年以来的新作,倾向于超文本试验,也就是把不同形式的文体融于一个艺术结构之内,从而形成一个新的艺术规范,小说因此有了更大的兼容性。刘恪的这种写作姿态看起来有些不合时宜,因为这时作为思潮的先锋已基本消逝,坚守先锋意识的小说家已经很少。刘恪出于自己表达的需要,和对语言、叙事美学、无意识叙事形式的迷恋,使他进入了自己的先锋叙事时代。

可以说,学者刘恪与小说家刘恪是相互推进的。学者刘恪对世界范围内的先锋小说有详尽的研究,他明确地指出:先锋不应该是一个时间词,它应是一种写作的姿态,个体的先锋写作在世界范围内恐怕永远也不会停息。好的小说应该对生活有所发现,对文体所有发现。他有自己的理论依托在,有超越同时代人的视野在,在理性、智性的烛照下,来从事小说探索。因此,即便是孤军奋战,他也显得很从容和坚定。

就这样,刘恪写了一系列超文本小说,像长篇小说《城与市》《梦与诗》,短篇小说《博物馆》等。

这里要谈的是刘恪作品内部的小标题,水文化对他的影响,以及和土地上走出来的作家的差异。

刘恪小说里的那些小标题,像闪电一样,把他庞大的文字世界照亮,同时也可以说是他小说的脉络和结构支架。如《城与市》里的小标题,"手稿时代的最后象征""民俗:一个人的内心历史""回忆和梦想是童年现实的墙""为梦想所做的注释""孤独的感性研究"等等。这些小标题,一个专事小说的作家是很难写出来的。刘恪小说中复杂的结构、牵引经验上升的小标题、诡异的人物或者人物内心的诡异,使刘恪的这些小说颇有些不好懂。这些小说本来就不是供读者消遣性阅读的。

刘恪小说的另一个独异之处是水文化对他的影响。在洞庭湖畔长大的刘恪,成为小说家后,他的小说有两个主要朝向:一是描述以水为背景的人生,如他1990年代初的代表作《红帆船》,以及最近的《无相岛》等;二是描述他成年后置身的都市生活,如《城与市》。仅就《城与市》这部小说来说,浩渺之水的表情,如朦胧、神秘,水质的审美特征,如阴柔、灵动、绵延、迂回、缠绕以及隐晦,水边孕育的心性如幻想气质,对隐喻、象征意义的追随等,都已经渗入了小说的肌理,并成为这部小说的艺术表情。

和在土地上成长的中原作家比起来,刘恪的小说纹理细致,有表达的耐心,尤其是对于女性内心世界的表达。他对女性世界的细致、绵密的彻悟,对她们身上的光与影的捕捉,是中原男性作家很难做到的。表达方式呈现着一个人的情感方式、认知方式,乃至全部的人生。当然,这不仅是地域环境的影响,还有诸如天性、阅历和修炼的影响。

在刘恪的小说中,男女是对等的。可以看出,刘恪的内视界是以现代文化和自然生命为基准的。从土地上走出来的作家,譬如河南、陕西的一些男性作家,他们的作品中,男人总是居于优势地位——性别的优势,文化的优势,社会地位的优势。两性关系中,男人是游戏规则的掌控者、进攻者,女人总是被侮辱与被损害者,这种掺进了很多社会性的、观念性的因素。这些很可能就是我们的现实,心理的现实和正在发生着的现实,也是男性作家们的现实。这也是被不少评论家所批判的男性作家内心世界的粗糙及男权中心的土味。

还有一个差异,就是刘恪的小说也写经验,但更注重经验的变形,使之像流云一样飘向形而上的时空。这使刘恪的小说氛围有种非现实感,神秘性、隐喻性特征显著,现实经验比较隐匿,如果不特别用心琢磨,很容易被滑过去。河南中年及中年以上的作家,更关心现实命运和群体的命运,有明显的宏大叙事的愿望。他们把人性置于坚硬庞杂的现实背景下来写,时代经验和个体的现实经验都比较突出。

这差异是在写作发生学而不是在价值判断下来谈的,不是谁优谁短,而是多元化的必然。

这里以刘恪的新作《无相岛》(《山花》2009年第5期)为例,做具体分析。这篇短篇,文字表面比较经验化,由一些各自带小标题内部又联系密切的片段组成。"何时,何地,何人,何往":"我"(环境监测员)乘坐的小皮艇被风浪送上湖(洞庭湖)中岛,"我"像被抛入了一个巨大的梦境中,一个简单的日常动作都变得不可能起来——风从石头间爬过来,身体抖索了一下,想咳嗽一声,仿佛喉结被冻住了。熟悉的经验景观在这里都变了形,譬如曾带给我们浪漫遐想的浪与石的声音,在这里是刺啦刺啦地响,"浪与石的缠绕,有一种夜里磨牙的坚硬",天空的月很透,像剪纸一样随时会被浮游的云飘走,总有蛇出没的感觉,"我"知道入冬后便不再有蛇,蛇是在感觉中出没的,害怕是从心底里升起来的……"我"到这个陌生的地方以后,抓不住日常经验了,心里很惊慌。心里的惊慌向外扩散着,眼中的一切都显出了恐怖和怪异。

小说接下来写生存必需的几个环节,这些我们每天都在经历的事情突然变得那么不可思议。譬如吃:到一个地方后,首先要解决吃的问题。小饭馆的气氛有些恐怖,马灯幽暗晦涩,以至人们在对面也互相看不清面部,朦胧中仅能听到哧溜哧溜喝鱼汤的声音。吃的东西就更恐怖,"你刚才吃的是河豚杂碎汤,还喝了我的铁菱角酒,这还能活命吗?"吃也变成了可怕的事情。

那么性爱呢?"我"食物中毒后被一个女人救了。女人说,在这风湿阴寒之地,交尾(做爱)就是在一起相互取暖,阴阳才能够生长,或者灭亡。性爱仅是特殊环境下的生理需要,没有一般的社会目的,如传宗接代、承担责任等。

再看一下金钱。在我们的现实生活中,几乎是万能的金钱在这里失效了。"我"用银行卡结账,女人反复翻动那张金卡,摇摇头,说从来没见过……

吃、性爱和金钱,在这里都充满了悖论。

在这生存的悖论之中,有一种诡异的东西,小说里姑且称之为周升麻。"我"逃出小酒馆时,那人低头对"我"说,小伙子,赶紧跑掉,或者去找周升麻。想离开这荒岛,村主任让"我"找周升麻。在关键时刻,总是听到"周升麻"这个名字,但是没有人告诉"我""周升麻"是谁。自从"我"被抛到岛上后,周升麻似乎是一个浓密的影子笼罩着我,但"我"却一直找不到他。

那个和"我"相拥而睡了一晚的女人,也不愿告诉"我"谁是周升麻。"你这人就是话多,我们这里的人很少讲话。你是想法蛮多的人,还显摆正义,回去以后再也不要说话了。""我"突然想到,唯一可以救赎的是村主任。跑到村主任家,想用岛上那唯一的电话与外界联系,后来才知道岛上没有电线,那电话是个骗局。"我"居然还破了村主任的棋局。

村主任是这个荒洲岛上权力的象征,电话、通信、船只,与外界联系的所有方式都要经过他。由于"我"身份特异,且破坏了这里的规矩,所以,那股隐隐约约的动力一直在追杀"我",不管以什么形式出现,那打击点都会落在"我"身上。

"我"死定之前,才突然明白答案,那个唯一可救"我"出岛,也是杀死"我"的人冷笑着说:"自作聪明,我们这里没有周升麻,你,你自己,就是周升麻。"

周升麻就是窥破了这里的生活秩序、追问不止又竭力逃出去的那个人。"你知道这里的全部秘密,所以不能让你跑掉。"

因此,"我"逃得越快,也就死得越快。虽奋力拼搏,但还是陷入烂泥中死了。生与死就这样缠在了一起。

这篇小说涉及了个体生命和社会生活的基本内容——吃、性爱、金钱、权力、生与死,像是人类生活的一个浓缩景观。其实,从高空俯视的话,我们所有的人何尝不是像被抛入一个巨大的梦境中呢?我们偶然来到这个世界上,被各种力量席卷着向前走,无法预测命运的走向,在各种悖论中努力生活着。只是平时习惯于此,没觉悟罢了。

《无相岛》里面还穿插了一些民间故事,使这篇很具隐喻性的小说扎根在地域文化之中。结尾作者引入了一段说明性文字,介绍周升麻是一种什么样的植物。文章最后引用了比利时小说家阿梅丽·诺冬的语句——"关于一个不能流传的秘密"。这些向不同方向运行的文字,使小说文体及意蕴像水波那样向外扩散。

真正的写作以及由此派生的生活,像黑暗的海洋一样,滋养着也吞噬着一个写作者,他在写作的缝隙里才能享受些世俗生活。很多写作者中年以后,都在逃离文字的深渊。现实权益的诱惑是显要原因,这深处的原因我们一般是不提起的。但是,对于像刘恪这种把文字生活几乎看作是全部生活的作家,无论是作为一个评论者还是朋友,我们都不该把他推向一个纯精神的高空,推举他成为一个"宁可要写作,也不要老婆"的牺牲者形象,在敬佩他精神生活的同时,也应祝愿他向日常温暖靠拢一些,给感性之身多些养憩。也许,对这来自有限性生命的维度,刘恪会一笑了之。

原文发表于《山花》2009 年第 19 期,
原题《行走于小说和理论之间的刘恪》

文学与人生

时代光影里的她们
——邵丽和她的《金枝》

一、文学能量持久的作家

在我认识邵丽的近20年里,从2004年初《我的生活质量》出版,到2022年12月的《金枝》(全本)出版,发现邵丽在每个生命时段都写出了独具个人风格的代表作,在每个时段她都有"爆发式"的写作,她是一个文学能量旺盛且持久的作家。写作是她生命中的重点所在。

邵丽曾讲:"我的写作拼的不是青春,而是生活在我心中斑斑驳驳的积累。"她有很多作家所没有的开阔厚实的一手基层生活经验和现代政务经验,她经见的生活是真正的中国现实,和一些作家得来的二手信息很不同。她对自己每个阶段的写作都有清醒的认识,在自律凝神中修炼出的中西文化视野,使她能在大历史中俯瞰这斑驳的现实。这个拼努力、拼实力、拼生活底蕴的作家,穿越了万千生活气象,首先还是一个率性、诚恳和具有悲悯之心的人,是天性更是修炼。从河南走出的作家计文君说:"邵丽既修入世法,亦修出世法。不修入世法,不知人性;不修出世法,难以超拔。"我想,这些应是邵丽的文学能量旺盛且持久的源泉。

这样坚实地、坚韧地、大气地生活着、写作着的邵丽,才能体悟出几代中原女性的隐忍与宽宥、挣扎与奋斗,及如何努力让她们的下一代活成"金枝玉叶"……盛年以后,父亲去世以后的这些年,邵丽开始梳理父辈的生活,她以虔诚的悲悯之心来观察人性,反省几代人的人生,长篇小说《黄河故事》和《金枝》(全本)是其代表作。邵丽在《金枝》创作谈里讲:"在写作的每一天,我的眼睛都是湿润的,这是我带着真情投入最多的一部作品。这部小说可以说是我个人的家族故事,也是中原大地的社会变迁史,更是黄土地滋养出来的生命智慧。"

《金枝》出版后的几个月里,已经引起众多评论家的关注;2023年2月在人民文学出版社、《收获》《当代》杂志联合主办的研讨会上,《金枝》被公认为"一部书写在中原大地上的女性史诗","重建当代家族叙事,重现黄河儿女百年心路"。我和邵丽是中原这块厚土上的同时代人,读《金枝》,某种程度上也是在回望我们共同的过往,在《金枝》里,我读到了我们这一代人百感交集的心事。由《金枝》,我也在更深地认识作家邵丽。在河南作家群中,她是继李佩甫之后,以另一种风格激活巨量的现实并写出大气象的作家。

二、打捞时代生活里沉默的"她们"

自现代文学以来,革命和自由恋爱,是时代强者的选择,也是文学表达的主题,文学的确应引领时代进步的潮流;被时代潮流、被生活的主动者抛弃的她们,被旧婚姻制度和封建习俗塑造的她们,在时代进步的鼓点里,似乎该承受如此命运。这沉默的大多数,淹没在历史的尘埃里,但不该被文学所忽略。邵丽的《金枝》,从被忽略的这一方,讲述在时代变迁中的家族故事,这故事曾经广为存在,广为人知,但秘而不宣。可以说,《金枝》里的家族故事是中国众多类似家族中的一个标本。

在《金枝》里,是她们(而不是他们)在说,由此我们看到,在匮乏岁月里是女性撑起了家庭的艰难生存,维系起家族的情感纽带……男性作家的家族叙事,多写家族的外部命运,在历史和现实中的跌宕起伏,在社会学意义上的成功与失败。《金枝》主写几代女性的内心世界,最终发现维系家族情感的,原来主要是靠卑微也最坚韧的那位女性,在小说的下半部,作家为这样一位女性立了正传。这让我想起波伏娃的《第二性》,这位杰出的女性思想家揭示了女性为何会成为次于男人的第二性,《金枝》写出几代中原女性如此生活,尤其是老一代,我们读后难免感慨和追问,她们为何如此生活?

在小说开头的篇章里,这位卑微的女性是没有名字的,"那个女的!我们好多年里都这样称呼她"。她活在她的乡村哲学里,她不看"我"的脸色,也不看任何人的脸色。她是我们中原大地上如野草一样活着的乡下姐妹,在酷烈的环境中,她得自保。她是被离婚不离家的父亲抛在乡下的大女儿,在随后的篇章里,我们知道她叫拴妮子(周拴妮),如阿狗阿猫一样随便喊的名字。她追寻"父亲"、企图获得身份认同的前半生,掺杂了无以名状的人间苦涩剧味道。

邵丽的叙事,随着时光的流逝,人与人之间,人与生活之间,以及同一个人在不同时期,都在不断地发现和修正。人活着得有希望,才活得像个人样儿。正常的生活环境会唤起正常的人性。拴妮子的丈夫有文化,他与她们一起生活后,拴妮子那可怜的妈妈穗子像变了个人,她不再在怨与恨中度日,开始经营自己家的日子;拴妮子的下一代,充盈着改变人生的勇气,后来都到了外部世界去。城市里"我"的母亲80岁时,面容光洁,身板挺直,"我"算是明白了,"母亲是以不争赢万般,如果当年与穗子争个你死我活,岂不是两败俱伤……而我却浅薄地以为她是被蒙蔽、被欺骗、被伤害的那个人。殊不知,她正是用她的隐忍,用她的智慧,不战而胜"。

在《金枝》里,我们看到了老一代母亲的辛劳与隐忍,中间一代女性的精神成长,年轻一代丰富的真实,及她们对亲人、对世事的看法。《金枝》的叙事在自述和她述、自审和她审中,在饱满有力的情感中向前推动,也让我们从不同角度理解几代人的内心和伦理生活;叙事既在时间之中,还原现场性,又从时间的远处回望,超越世俗恩怨,发现一个父亲衍生出的两个家庭,无论高低贵贱、谁胜谁负,争执较劲儿又有什么意义呢?每一个生命都有他的不易,在大时间观里,生命必须学会爱和怜悯,而不是恨。这也是《金枝》温暖人心之处。

出生和时代都是无法选择的,如何在命运的不确定性中找到坚实蓬勃的生存方式?从李準的《黄河东流去》到李佩甫的"平原三部曲",再到邵丽的《金枝》,几代河南作家从不同的角度,以各自的风格,书写着时代的变迁与社会的进步,书写着中原大地上的人们生生不息的生命史诗。

三、悖论重重的"父亲",终归于乡土

在她们的叙事里,《金枝》里的父亲,也可以说是"强大"的,代表着中心和权威,在一定程度上,也是被标签化了的父亲,这个自青年时代就追求革命的父亲,经历了十几年的批斗磨砺,依然"骨子里头满是忠诚"。高度政治化的认知,使日常生活中的父亲一辈子不会讲笑话,也不会听笑话,报纸填充了他的家庭生活。母亲一辈子心甘情愿地供奉他、崇拜他,事实上,父亲一辈子都依赖母亲的那碗手擀面,在家中是一个"油瓶倒了都不知道扶"——不会操心的人。两个家庭因为他撕扯了几十年,家庭生活中的是非,似乎都源于这个父亲,但这个父亲又是面目模糊的,在家庭责任和难题面前,他是躲躲闪闪的那个人。

这个父亲,是那一代父亲们的一个标本。他在自己无从把控的时代环境里小心翼翼地生活着,"他甘愿被时代和外力绑缚,这样的生活于他是一种别样的轻松,他不用太费脑子,只需顺流而下"。他肯定也有他的苦衷、妥协和悲哀,但在小说里,由于父女关系的隔膜,直到父亲离去,女儿并没有怎么

关注父亲的内心世界。有时,文学就是这样,在生活缺失的地方,在人生无法弥补的遗憾处,它试探着去发现和重构。邵丽在《黄河故事》后记里写:"一个时期以来,我热衷于写父亲,我的父亲和我父亲以外的父亲……我看到了在历史熹微的光芒之下,他们卑微如草芥的人生逐渐被放大、再放大……"她还在《金枝》创作谈的最后写:"抛却家庭和个人的情感,我觉得唯一不应该遗忘的是个人在时代中的沉浮……"可见,《金枝》是邵丽向历史深处书写的一次努力,她的笔触最终指向的是时代生活中最卑微的人的梦想之光。

时代变迁,城市人开始向往土地上的绿色生存。父亲的晚年,日渐依赖土地。拴妮子用土地上结下的果实维系着亲情,她和她的丈夫还时常去城里帮助父母打理院子里的小菜园……你无论怎样无意或有意伤害过她们,她们还是把土地上生长的一切带给你,这就是善良实诚的中原百姓。邵丽写起农事,像个富有经验的老农,而且笔触里满是欢欣。

在老一代那里,土地是最神奇的东西,他们靠土地生活,老了像落叶一样成为土地的一部分。这个青年时代追求自由恋爱和革命的父亲,最终还是落叶归根,他让人提前在乡下老家建了告别仪式所用的房屋。在中原农村,人们不习惯说"死亡"二字,而是说"老了"或"走了"。人"老了",也是生命周期的一部分。那是农业时代的入土为安,是热烈隆重的告别……这乡土传统里分明又有着对待生与死的超然态度,人也像土地上的一切自然之物,一茬又一茬,自然地来自然地去,没有过度治疗的折磨与死亡恐惧,仿佛是庄子、陶渊明在中原乡村留下的注释,又关联着每个人必须面对的生命质量、临终关怀等现代话题。

《金枝》里的父亲和奶奶,像通灵一样,都能意识到自己生命的大限。惊慌和悲伤的是在红尘中忙碌的我们,因为我们还没准备好这一切,我们忏悔着自己的种种不是,那是人间最无奈的徒悲伤,你的悲伤从此你自己消化。乡亲们总说,老去的长辈在天堂看着呢,地上的你要过得好。否则又能怎样?这可以说是中原或者中国民间关于生与死的智慧吧。

如今这个父亲带走了没有说出的一切。关于父亲的离去,作品里用了重笔书写。其悲情之真切,让你感觉不到这是虚构,而是正发生在你眼前。中原大地上的儿女,都经历过这种送别老者的仪式。这种想信又难以确信的生死轮回,这种心灵的愿景,没法分析也没法描述,聊以抚慰惆怅的心灵吧。

死亡是一位伟大的老师,它彻底提醒我们,不是未来而是此刻,去爱你所爱的人,去做你该做的事。对于一个作家,就是写你该写的作品。邵丽在访谈中曾讲:"趁着还能写,就把父辈们的故事写出来,如果我们这一代人不讲,以后就没人知道了。"可以说《金枝》就是一部努力把父辈、把"她们"从历史深处打捞出来的作品。

余下的话

在邵丽的《金枝》里,那些人物说着我们这一代人熟知的中原民间语言,仿佛就是我的老去的乡亲们,甚至某些时候就是我自己,流逝的岁月在此被雕刻,被定格在文字里。文学其实也是语言的故乡,当你到了异国他乡,或者当你老了,找不到和你说着同样话语的人,但你在文学作品里可以找到。在阅读《金枝》的过程中,我在已逝的千滋百味中落泪,我惊讶于邵丽对这些海量语言的谙熟和从容书写,我喜欢这样一个毫不端着知识架子的作家邵丽,她尊重每个人物的内心,让她们说出自己该说的心里话。一代人的语言,呈现着一代人的生活。随着城市化和全球化的进程,年轻一代对民间语言愈来愈陌生。多少年后,翻开《金枝》,几代中原人的语言,尤其是老一代饱含人生滋味的语言,都在这里保鲜着。

邵丽的这种语言风格,应始于她的"挂职笔记"系列。她曾在"挂职笔记"创作谈里讲:"我重视那种带有泥土气息的原汁原味原生态的语言,当你跟基层的人民在一起的时候,才能感受到他们的智慧、幽默。""在中国,几千年来,苦难都是靠这种智慧和幽默消解的。它无所谓高级或者低级,也无所谓对与错,我们要正视它、重视它,这是我们的文化之根。"

原文发表于《青年报》2023 年 5 月 14 日

草木之心和民间诗卷里的冯杰

冯杰的文字简洁得罕见,他把世间的事都消化尽了,他懂得好文字似生活之海析出的盐,几十年前梁实秋先生的一句话,就像是说给冯杰的:"伟大的文学家,不在乎能写多少,而在乎能把多少不写出来。"这文字之下浩然沉默的生活,支撑着文字的品质。这个懂得深度提炼的作家,他的文字不是面向众人的,而是面向一个消逝的时代——此世再也找不到的那些至爱的人,他们带走了那份冒着热气的生活……这文字,更是心语、"烟云",说给无听众的虚空;是从此世传向天堂,传向不可追回之一切的最孤寂的心意。

它表达的是冯杰一个人的,也是我们所有人的失乐园。

冯杰不在作家身份中写作,而在生命最深的情感中写作,他文字的起源本真而高贵。这种向心的、面壁的、祈祷般的文字,你遇到了,心就会有些疼。

在冯杰的文字里,你看不出中国当代文学的影响,也看不出西方现代文学的影响,他仿佛来自另一个时代,来自他星汉灿烂的北中原,他和亲人、草木、土地、汉语诗卷相依相惜,构成了自己的世界。他的文字里,流淌着汉文化感应自然的基因,和汉语的灵性美质,透出绿色文明的光。这种文心,这种光,在同时代及其后作家身上都被诸如"文革"、意识形态、实用理性、网络化等所破坏。冯杰文字的近邻,是现代文学中废名、沈从文、梁实秋、周作人那一系,即便是谈学问,也要于人生的私情中谈出温凉来。我想这也是冯杰的作品在华语世界持续备受喜爱的原因之一。

我极少看到像冯杰这样,在自己完整的世界里写作,这种掠过喧嚣的定性、孤立,使冯杰的写作成为唯一,成为真正的创造。

如大江河总源于高山之巅,冯杰的这些文字,精神源头源于几近消逝的乡土美学,现代人难以感知的草木之心,和诡秘美幻的民间诗卷。

乡土美学就在少年冯杰每一天的生活里。它是姥姥做"菜蟒"时,为计时点的一枝白麻秆,"四十年以后,白麻秆一如点燃的月光";是姥姥说的一句哲学家永远说不出来的乡下话:"辣椒是穷人的馋啊";是姥爷在冬天的萝卜窖上插的一束高粱秆,姥爷怕萝卜焖烂,便用高粱秆让它透气,那高粱秆

"像是萝卜窖上耸立的耳朵,萝卜地下寂寞,它在听天上过往的风声";是母亲时常制作如今已成"绝面"的N种面食,散发出对日子的精心和手工的温暖……

这些亲人都是乡村生活的智者,他们懂得万物的语言,明了万物都得呼吸;懂得甚至土坯都可以温暖匮乏的生活,懂得在土地上、在生活的每一处细节,留下手温,留下爱……他们给了冯杰中国课堂上40年前和如今都不可能有的开阔无垠的启蒙教育。

北中原的每一棵草木,都和少年冯杰相遇过、会意过,他们熟悉彼此的来路。如冯杰写"楮桃":"我小时候打柴,经常从它身边穿过,它那么呆呆站着,长得像个一头乱发的乡下孩子。真看不出来,这小子长大还能造宣纸。"多年后,这了不起的中国树,变为如故乡初雪般的宣纸,成为作家、画家冯杰每天的陪伴。冯杰懂得珍重,他从岁月的冰河里打捞起草木之心,打捞起能为现代人焦虑的心布绿的物种,移植到这树的心上、宣纸上,被朋友们挂在最宜观望的墙壁上。

北中原的每一棵草木,都是有心的,"母亲去世那一年,那一棵金银花树竟也悄然枯死了"。它们柔得让人恍惚,"北中原的蒲大多在水中不约而至,是一种比夏夜月光都要韧软的乡间之草"。每一种都有自己独有的物语,每到初春,最平淡的"杏花的密度能把整个村庄淹埋,连尖锐的鸡鸣之声也只能从花缝里仄仄地冒出来"。

这北中原的草木,可不只长在冯杰的少年时代,还代代不息地长在自《诗经》"国风"以来的民间诗卷里。冯杰说,它们不少还是草中的诗人,如车前子草,都经典得蔓延到了《诗经》的封面上。冯杰能在《二十四诗品》里,随手抽出一种花草风格的文学语言,在唐诗里随手抽出大诗人们的那根色泽各异的菖蒲,在中国神话的浪漫里,捻出乡土性,捻出和帕斯卡尔的芦苇不一样的那棵坚韧的芦苇。当然,冯杰最引以为傲的还是中国文学的基础性文本"诗三百"里,有近百首长于他的北中原,卫风、鄘风、邶风都是从他故乡的大地上吹起的。也许今日,北中原的草木之灵会在风中叹曰:"冯杰才是草中的诗人!"

冯杰写的这些草木,根扎得如此深,扎到了汉诗的源头,扎到了汉文化的古风古韵里。

这文字的形容和跻身于喧嚣时代名利场的文字怎会一样?

世上的道就这样通着,当冯杰的文字,带着时代的落差,草木之心,有"手工温暖"标识的生活,汉诗的美质……来到我们面前时,既激活了传统,又天然地现代,处处见新——对于俗现实过剩的当代文学,这天道人事里的清好更是文学的境界;对于雾霾罩大地、GDP为度量衡的当代社会,重估自然之物的尊严,及绿色生活的价值,更是现代文明应有的态度。写着写着,我也恍若草木,跌入这微言大义的"泥花散帖"里……

原文发表于《河南日报》2016年5月6日

补记:

2014年夏,我在去北戴河的火车上接到冯杰的电话,让我为他的《泥花散帖》(百花文艺出版社,2016年版)写序,结果这度假就变成了"愚公移山"。因为冯杰的文字太清透、太简洁、太有趣味,我得写出怎样的文字才敢放到他的前面?以至在北戴河期间,我每天都在琢磨冯杰的北中原生活、冯杰的文字背景,寻找和冯杰文字相匹配的文字等等,每天都是头天写的第二天删掉,直到度假结束,在电脑上也就保留了个开头。以至于这两千字的序前后写了两个月,更多时候是大量阅读,寻找脉络和感觉。我的先生曾说我,如果靠写作吃饭,非饿死不可。

2014年6—7月,写于北戴河—郑州

通向阳光的那条路
——王晓莉印象记

我和晓莉是 2005 年春天鲁迅文学院的同学,那个班是青年评论家班。15 年仿佛瞬间过去,但世事已太多变迁,我们都已不是青年,晓莉还经历了一场疾病的袭击。这 15 年里,我和晓莉属于在内心或明或暗的时刻,随时可以通话的人;有时也因文学的话题,如今年我给《莽原》杂志做"经典回顾"栏目的评论,几乎每篇写之前,我都会给晓莉打电话,扯一扯思路,这不仅因晓莉是随时可以通话的朋友,还因晓莉是个纯粹的静水深流的读者。纳博科夫曾说,一个优秀的批评家首先是个优秀的读者。这优秀的读者,在我今天的理解里,除了艺术的感受力,对于世界经典文学的阅读经验,还要有清心、慧心等一切和心有关的纯质,能站在人类乃至宇宙的立场上去做出判断。在我们的评论家班中,主笔散文、天性敏感,没有被模式、套话败坏的晓莉,恰是这样一个让我信任的读者,一个能说出己见、真见而不是他见、假见的人。

晓莉曾给我推荐她喜欢的美国作家麦卡勒斯、捷克作家赫拉巴尔等,从他们的书名《心是孤独的猎手》和《过于喧嚣的孤独》《底层的珍珠》等,就能感到这些作家属于暗夜里的月光,他们身处偏地或低地,写作或精神生活就是他们的命根儿。如此,赫拉巴尔才能写出一个一生在废品收购站谋生却酷爱书籍的人,写出小人物身上钻石一般的光。当然,晓莉也喜欢如暴雨将至、乌云翻滚的陀思妥耶夫斯基们。晓莉之前的一些作品,如《怀揣植物的人》《卖麦芽糖的人》《假装打电话的人》等,"弯人"作品里的人物大都处于社会底层,他们都有某种残疾或生活的残缺。面对路遇的不堪与负担,我们可能会匆匆走过,但晓莉时常会停下来,这些作品就是她停下来的结果。她从心底尊重、理解任何一种生命,并视之为同类。这里的《恶趣》,也可以说属于这个谱系,但来自另一个方向——一个自身有些残疾的环卫工用烟头烫蚂蚁——一个无聊的恶作剧。

我惊讶于晓莉专业观察家般的眼睛,蚂蚁的事都能看得这么触目惊心!是她柔善的心,无法容忍任何强者对弱者的欺凌。在她的笔下,蚂蚁"亡命天涯"的狂奔、惊恐、绝望,其感情强度,一点儿也不亚于人类。晓莉写:"行恶的人,自动屏蔽对方所遭受的痛、难、绝望。"这很短的散文,却触及了人类天性中恶趣发生的渊源。对于一个优秀的散文家,真是题材无大小。我仿佛看见了马路对面的晓莉,惊愕地凝视着这个环卫工,忍不住地问他:"你干吗老要烫它?"这时的晓莉很可能是压抑了直接的情绪,略涨红了脸,尴尬地笑着问。这是我的朋友晓莉的模样。而这个环卫工愕然的瞬间,"拿烟头的手在不自觉地往回缩"。这是散文家晓莉所描绘的细节,她的每一笔都在写眼睛看到的此刻,真实的此刻——这个可怜的人,他并非真的恶,他的心也存有惊恐,或许是更多的惊恐,他只能欺负比他更弱的蚂蚁。读到这里,我的心痛痛的。晓莉的笔墨从来都不会墨黑,也不会刺眼,她写人性中的光与影,即便有太多的阴影,她也总会发现那一丝光;即便不是光,也是有别于阴影的那种。我喜欢这样的文字——去观念、描摹斑驳的真实,如冰中之火,带着对这个世界上每一个人、每一个生灵深深的爱惜,冷静地燃烧。

也许读过这篇散文的人,面对之前他可能会伤害的弱者,会缩回手去。这样乐观地推理,社会生活中与世无争的晓莉,也许不仅救了这块地面上的蚂蚁,让它们"避过无数种悲惨命运中的这一种"；也许还救着如蚂蚁一样卑微地活着的"蚁民"。如果说今日的文学，还能"雪中送炭"，我想这是其中一种吧。契诃夫曾说，"文学的任务是无条件的、直率的真实"，真话无大小，如果此刻你说不了"大真话"，那就说"小真话"。

晓莉是以散文家的真情、小说家的细节与幽微向深的笔触、思想者的头脑在写散文、写人性，否则一个环卫工和一群蚂蚁能写出什么深意和隐喻来？晓莉的这类文字，总是能冲破叙事的边界，伸向无限；总是能让我笑出声来。她认真悲情，又富有谐趣。然而，有这样笔力的晓莉，却远远不是一个高产作家。有一次我们一起在山中，同行的一位文友追问晓莉，为何写得那么少。他不解地期待答案。其实，写作到了一定的程度，没有多与少，只有质。虽然我们也时常彼此鼓励"多写点儿"。那一刻，山林和天空静谧、美幻，关于文学的"多与少"，宣讲与荣耀都似噪声。

在晓莉生病的那几年，由于种种原因，我一直没见上她。其中一次，《散文选刊》在我们河南信阳颁奖，散文界的大咖都来了，晓莉是获奖作家之一，我们约好了见的，到跟前她又不来了，说还在养病，领什么奖呢？晓莉本就是一个心清如竹的人，生病之后，更是清空了一切物埃。晓莉怎样，我都是喜欢的，因为我认识她的心。我买了两套四卷本的《布宁文集》,一套留在自己手中,一套快递给晓莉,让这个我最喜欢的俄罗斯作家之一,代我去看晓莉,他带去的"大自然"以及大自然气息的文字,是我前半生的喜爱,也将持续到后半生,我想晓莉也会喜欢。布宁曾说:"我在自己的写作中从来没有给自己提出过什么外在的任务。"晓莉也是个从内心出发的写作者,我和晓莉的情谊其实是建立在这种共同喜爱的岩石之上。这样的朋友,可以多年不见,也可以常见。

2018年夏季,是我奢侈地见晓莉的年月,居然两次去了江西,一次是上文提到的行走山中,一次就专门住在距晓莉家最近的酒店里。我终于来到建设西路晓莉的家里,一个安静的院落,楼前有着桂花还是香樟树,客厅里代替电视机的是大捆艾草,散发出青青的气息,从客厅望去,是晓莉给我讲过的一个学校的操场,生机勃勃的身影让你想一直望着。那时的晓莉已经恢复了欢悦健康,她的先生、少言博爱的小说家清海兄,说一句话是一句话,掷地有声,我视他为高人。我们三个人坐在木制餐桌旁吃晚饭,有种地老天荒的感觉,又仿佛就在昨天。我还跟着晓莉坐了趟公交车,到不远处她常取药的医院,我把医院大厅里所有的窗口和字都看了一遍。说起那场病,治愈过程中的某些细节,我才知晓莉经历的比我想象的要艰难、复杂得多,我暗自惊叹、佩服敏感的晓莉怎么撑起了这

日复一日的惊恐与折磨。好在这病痛也已成为烟云。然后晓莉又带我去她常散步的抚河边,悠然地走了个来回,后来她这样写抚河:

风一直在那样吹着,水波一直那样荡漾着,柳树一直那样低垂着。与不远处来往车辆、人们手机里不停更新的消息以及那些建而复拆、拆而复建的高楼相比,这一切都是一些恒久的东西,在变中不变的东西。特别是水的那种沉静,千古不变。凝视这一切,会觉得一切都不必着急,不必忧虑。

此后,晓莉在我的脑海中,就有了生动的背景。

这里的《偏方》和《饮药记》是晓莉以身试法的经验性总结,对于健康的或者不健康的人,都同样醍醐灌顶般地启示,因为有限的肉身谁也不能保证自己不生病。晓莉在《饮药记》中悟到的"苦"是这样的:"结结实实,没有半点虚无","甜是麻痹,苦则是一个警醒。甜是温和的、软化一切的,苦却令人积聚所有能量,令人坚强"。面对这"苦",不要停顿,一鼓作气把它喝下去。这"苦"的能量,也让晓莉的内心变得坚强。

晓莉的这些文字,冷静克制,传达出从病痛中熬炼出的豁达与坚持,还有对自然万物的感恩,对水与火与草的理解;尤其是那些"肩扛逢凶化吉使命的小仙人,由古老大自然派来与病作战"的花花草草,在晓莉的笔下,可爱、神奇,犹如神话。这记录"苦"的文字,突然就有了欢喜。自然万物都成了晓莉更亲密的伙伴,因为晓莉懂它们。这场病让晓莉和这个世界的联系,更加紧密了。好的文字就是这样,它写的是"苦",但它不带给你"苦",它带给你人生经验,带给你通向阳光的那条路……

原文发表于《星火》2020年第1期

文字是有翅膀的
——《墨白研究》编后记

尽管认识墨白十几年了（读他的作品就更早），同在一城，也是墨白众多的朋友之一，知道不少有文学情结的年轻学者，多年来跟踪阅读和研究墨白，有的还写出了洋洋几十万字的专著《墨白论》，还有不少高校的研究生对他做专题研究，但当看到这部书稿时，其厚重还是让我感到意外。

没想到，关于墨白，已有这么多的研究者写了这么多的文字，而且这些文字都是有温度的，有的还有着深深的激情，写出了文学之旅中彼此的陪伴、照耀与珍惜。这些有温度的评论文字、对话和印象记，验证着文学依然在构成生命之间的深度理解，也验证着一个作家为人的美好，为文的影响力。这些文章让人感到，虽然网络时代，纸质文学虽再也不可能重现20世纪80年代的文学盛期，但来自作家个人的魅力，依然在影响着接触到他和他的作品的每一个人。

一次会后的饭桌上,邻座的墨白自我笑着说:"文字是有翅膀的",他还轻声但坚定地重复了一遍,这句话像是在墨白的心里藏了好多年,像是一个作家的幸福密码,它像蝴蝶的翅膀一样,轻美但致幻地扇过我的心……后来,我五味杂陈地把它写在一张纸上,因为这正是我这个虚无的人多年来不能拥有的信念。从此,我更是羡慕墨白的坚定与自信,觉得作为一个作家,他是幸福的。

是的,墨白是一个有定力、有精神气场的作家。这定力表现在:在这个浮躁的时代,不少作家的写作表现出新闻式的热(点)浅快,墨白面向的则是长历史和深人性。这样的作家,往往不与时代的热点话题相契合,也往往不会太红火。事实也是如此,这么多年,尽管国内外的文学界都知道河南有一个作家墨白,但已经走得很远的墨白却没有当下性写作的作家那么红火。这类话题,其评价体系来自文学之外,不说也罢。现在,我看到墨白的文字像蒲公英的种子一样,已飞到很远的地方,在很多人的心里扎下了根。

墨白还是一个写作路数很宽的作家。20世纪90年代,墨白以先锋的形式,对传统主题如苦难、城乡二元对立等进行当代表达,他写城乡转换、社会转型,给人带来的焦虑及身份混乱感。他还关注人物和命运的不确定性、神秘性。这个母题贯穿他的很多作品,有来自人自身的神秘性,有来自社会、政治和文化等外在的隐秘性,如他的长篇小说《梦游症患者》,就是在复现"文革"背景中的某些片段。近十年来,墨白所写的《欲望三部曲》,在时间上跨越20—21世纪,在某种程度上,写出了我们这个时代人们精神的蜕变。

墨白还有一种突出的写作气质,就是他有着强烈的文体意识,他的经验表达和艺术创新并重,多年来,他对小说形式创新的追寻,为当代文学提供了许多有待言说的话题。这也是不少高校的研究生选择研究墨白的部分因由。

由于墨白高强度的阅读,经年与世界上最优异的书籍打照面,同时赏遍海量的影音艺术,这些帮助他的内心越来越向高远之境敞开,他的作品,有想象力撞击成规的声音;丰富的内心生活,使他的神色和周围越来越有了差异,这差异性,让在场的朋友看见了此时此刻的美好,获得了在公共语境中难得的好心情。因此,朋友们写他的印象记时,总有写不尽的美妙。

和墨白同时代的作家,很多都已进入了创作的半衰期,而墨白身上从来都有着旺盛的活力。对于一个作家,到一定程度,最致命的问题便是——你能充满活力地写多久?在这个问题上,墨白是一个能给人带来希望的作家,有作家、评论家朋友曾言,墨白的思考里已有大师的气象。凡此种种,让人期待墨白的峰巅之作还在未来。有关墨白的话题,也将源源不断地展开。

基于此,编辑这部《墨白研究》,希望为以后关注墨白的同人朋友们提供一些史料帮助,也希望与读者朋友共享心灵之间互解的历程,大而言之,希望为中国当代文学留一份立此存照的作家精神档案。不妥之处,敬请翻开此书的您海涵指正。

写于 2013 年五一假日

你最好的作品是你的生活
——汪淏印象与评论

一

作为汪淏青春时代的见证人,十多年前的汪淏曾一度迷恋尼采,或者说他身上就有那种烈焰般的成分。今天,写作过,生活过,恋爱过以及经历过婚姻的汪淏,已经沉潜了很多,但依然是一个有激情的人,坚定而清晰地用减法生活,固执地省去了世俗人生中的一些枝蔓。一年所通的那几个电话中,也是在我这样或那样繁杂的心境中,汪淏总是以绝对肯定的语气提问我:"你这一生到底要什么?"

我们已经处在发现生活真相的年龄,处在用生活而不是用语言回答这个问题的年龄,我时常感到自己的优柔与无奈,而汪淏他真的是把自己押上去了,他押上了自己的生活,自己的美学,甚至自己的道德。为写作吗?好像也不全是,应该说是为一种他所希望拥有的人生方式。

几年前的某个时刻,我曾听他说:"我要写一写萨特,写一写他和波伏瓦。"就像更多年前他说"我要写作,写小说"一样,我知道那是不容置疑的,他已经做了太多的准备。他把关于萨特和波伏瓦的一切书籍都带回了家,我们在书店里一起看八卷本的《萨特文集》时,他说:"你可以不买,反正我是要买的。"似乎萨特是他的,而与我无关。事实上,我,或者我们,自青春时代就一脸憧憬地遥望了,萨特式的语言,萨特式的思想,萨特和波伏瓦式的人生,那种魅惑,那种席卷,连带着尚未显形的意义,或许会在心中持续一生。萨特、萨特和波伏瓦,属于每一个心存浪漫,迷恋自由,在思想的力量中感到幸福的人。

汪淏的不同在于,对于特别感兴趣的人与事,他是要写出来的。不托付给文字托付给谁呢?自己的生活都托付在那里了。

写萨特,写他和波伏瓦现代而经典的人生,已经成了汪淏写作生涯中迟早要发生的重要事件之一。现在汪淏已经把这些写出来了,终于把这些写出来了,在十多年的写作经历,四十多年的人生阅历,以及无边无际的阅读历程之后,他的笔力、眼力和心力,也很适合写这个话题了。

虽然已经有很多很多的人写过,关于萨特、萨特和波伏瓦,用汪淏的话讲就是,那是他们的萨特。汪淏要写的是贯穿在汪淏人生里的萨特,是影响了汪淏心智和日常生活的萨特。如果要说出差异,很多人为研究而研究写的萨特,是被资料、被时间、被死亡的气息包围了的萨特,是完成了的萨特。汪淏想写的,写出的,是一种深刻的自由感如何开始,如何持续,以至成就一种非凡绝伦的人生,这人生又怎样促成二十世纪销人心魂的杰作。也就是说,萨特是怎样成为萨特的?萨特何以能够成为萨特?他和波伏瓦为什么要如此,如此以后又怎样?

萨特和波伏瓦的人生,以超出你想象的方式满足你。当然不是人人的视域皆能看见,那看见的人,如汪淏,他深知怎样写才能更真实、更准确地接近他们太过于丰富的内心生活。

这"萨特和波伏瓦的爱情札记",是一种自由的文体,自由的声音组合,深刻不以沉闷为代价。尽管已经有很多很多的人说过,但只要你有时间,有耐心,有激情,还有天资,以最柔美的语言,以最开阔的语言,以天外飞来的语言,去说,就会不一般,就会涵养读者的眼与心。

恍惚间,我感到在这文字的丹炉中,翻来覆去炼着的,就是汪淏自己。如他所言:"我写的是我心中的那个萨特。"

那么,我们,或许今生今世,并没有更大的力量,去改变命运,去创造一种切合心性的生活,但是经由这"爱情札记",经由这个魅力无可抵挡的男性作家,这个直入人性和一个时代内里的思想者,这引领一个世纪的情感方式,或许可以改变人们对于命运的看法,对"爱情""忠诚"、男人与女人的关系等,或许会有更进一步的理解。

如果说再好的婚姻生活也有眼泪,那么就让这眼泪变得更有意义一些,更有尊严一些。把你的脸庞转向生命中真正重要的事情—看一看萨特和波伏瓦吧。

二

《走》,最初刊发于 2005 年的《莽原》,时光飞逝,但它的生机依然。形如凯鲁亚克的《在路上》,吉卜林的《从大海到大海》,多少年后,或许我们已记不清那故事容颜,但那盛年的心,奔向陌生世界的激情,携带着海风般的异质气息,总召唤我们挣脱日常,向幻想而去……

每个作家都在自己的时代里写作,每部作品都带着其时代的影响或者反影响。汪淏的这部作品,呈现的就是这个时代的反影响,是背向速成、功利时代的一种人生态度。

这部作品是汪淏山居生活的一个副产品。那些年,除了冬季,汪淏似乎总是在山中居住,睁开眼睛就能看见山。春风骀荡的嫩绿里,星汉灿烂的夏夜里,每一天每一刻都不同的山,成了离汪淏最近的生活,那是和城市生活性质迥异的参照系。作为一个以读书为生活重要内容的人,上山的目的当然是写作,但写作肯定不是全部,"眼下我生活在山上,不过是回到了童年,回到了故乡,尽管此山离我家很远,而我的故乡在那大平原上"。一边看书,一边看山,更多是看山看得恍然的日子里,汪淏就成了山中的一棵草,一棵树,一只鸟,一块石头,"完全忘了城市,忘了这个家和那个家,忘了这些人和那些人,忘了这样和那样的事情"。

其实,汪淏更是在寻找一种在大地上漫游的梦想——他青年时代以来梦想的生活。他拒绝人的一生庸散为不断退步的一生——背离愿望挤进世俗的一生。在我为生活所累的那些年,他曾在电话中多次问我:"你一生最想要的是什么?"还多次谈起德国浪漫派的最后一位骑士黑塞,那是多年来我们共同喜欢的一个作家。我知道汪淏太喜欢世界上的这些少数人,如那几年,他总是随身带上梭罗的《瓦尔登湖》,这本具有绿色理想的书,他至少有七种汉译本。他喜欢有经典品质的特立独行者,他自己也在实践着这样的生活,寻找和创建着一个精神生活者内在的秩序。

那些年,"汪淏上山"成了一个精神事件,在我们所在的这个城市文人圈中传播,在城市的喧嚣、应酬,甚或声名争逐中,汪淏的存在就成了一种遥远的清凉的参照系,至少成了我的参照系。

尽管汪淏每年都去同一座山,住同一山民家,与山民成了伙计或兄弟,但他内心是孤独的;在城市中,汪淏更是一个孤独的隐者,他在这个时代的各种游戏规则之外生活着。绝大多数人都生活在现实秩序中,汪淏却旅居在经典书籍中、山川中、精神生活中。几十年如此,无论世事怎样改变,他不改变,真如尼采对自我的叹述:"瞧!这个人。"

这样一个人,他的每一次出发,都带有超现实的意味,不仅仅是一次远行,不仅仅为了写作,更为活着,为理解这个世界,寻找更内心化的方式。这部作品,就源于汪淏观山时的一个"闪念",想从山上走回他所生活的城市。如果驾车,这路途并不算远,但用双脚一步步走,却离奇于这个追求速度和舒适的时代。虽不是登珠峰、漂黄河,但这种没有新闻性的日常中的离奇,仅属一个人的离奇,实现起来,或许更难。因为,只有你是你的观众,放弃与坚持,只有你自己知道。事实上,它更是对于内心的考量,对反常规生活的一种坚持。说是"闪念",并不准确,诸如此类的念想就蛰伏在汪淏的心里,"闪"出是早晚也是必然的事。

简单地讲,这是一部关于念想—行动—坚持的书,一部在路上的书。既是这个时代真实的路途——"一点像样的故事也遇不到了",所有的人都以各种方式让你上车,觉得你这样太堂吉诃德,甚至一个小旅店的女子都在背后优越地嘲笑途中的你……又是一部从内心出发的书,考察内心力量与边界的书,有心理能量的书。

这部书的出发点和这个时代的大多数写作有着不同的方向。当代写作和当代生活一样追求速成效应,追求看点、卖点、奖点,满足于写一个好看的故事,作品带有自我复制、复制他人或复制生活的痕迹。汪淏写的是这个时代缺少的、忽视的美学生活,是一部带有强烈个人心迹的属于他自己的作品。当然这里也有不少带有汪淏风格的有趣的故事,无论何种情形,汪淏总能讲出幽默的话,开心、坚定、刀枪不入的那种男人风格。汪淏的写作和他这个人一样,是这个时代的异数。

人到中年,我更深体会到了杜尚的那句话,"我最好的作品是我的生活"。某种作品,不是你想写就能写出来的,因为你没有那样生活,没有承受那样的命运,没有那样的精神气质。如汪淏的这部作品,它见证的是一种别样的生活,与这个时代相异的生活。

翻开这本书,也是翻开实用化时代之外的另一种生活,对于孤独的旅者,有着心的呼应或引领的生活。

分别写于2006年冬日、2014年盛夏,汪淏长篇随笔《不与心爱者结婚》和《走》之序

大地深处厚实的温暖

——评许建平《生存课：许建平中短篇小说选》

关于许建平小说的评论，我于 2003 年秋天就写下了开头，由于彼此的散淡，我们总认为，多一篇少一篇，就像海明威一篇小说的名字——《太阳照常升起》；也由于我个人的评论理想：写好一篇评论，很可能需要跟踪研究一个作家一生，这也是 20 世纪 90 年代初我跟随鲁枢元先生读研究生时，他希望我遵循的评论方式。对于有生命质量的作家，我从来不想轻易完成，结果这个开头在时光中悬了十多年……

2015 新年之初，我正在写作，一个下午建平来电话，有些对这个世界满怀歉意似的说："你别写了，我觉得自己还没写成，真正想写的东西还没成形……"总之全是自我否决的话。我已记不清那个下午窗外的冬日是否在下落，但感到心中的光在升起。建平仿佛从来只看见自己的有限性。

一个作家,如果把自己的参照系放在世界文学史的背景中,并真的看懂了文学的那些高山和海洋,他怎么可能染上当代作家自我膨胀、自我经营的习气?怎么可能盲目自负地说出自己的高渺?真正的作家,总以各种方式表达着自己的有限性,如卡夫卡晚年嘱咐友人把他的作品"统统付之一炬";与卡夫卡截然不同类型的作家、思想家,如萨特,二战后作为法国知识界的旗帜,曾有力地介入人类生活,他在《七十岁自画像》里也说过,"所有的著作都是未完成的",因为你不可能说出你想说的一切。

在河南作家中,建平可谓是唯一地道的郑州人,在郑州老城区即管城回族区(简称管城区)长大,大学上的是郑大,然后一直在这个城市生活和工作,而且祖父、外祖父都是老郑州人。建平自童年时代起,眼光和天性就向着文学的方向发展,主要因素是他的父母作为新中国第一代科技知识分子,大学毕业后支援大西北去了,他跟着祖父母在老城区平民院里长大,他不习惯周围那些孩子们的躁野,但和有桌布有唱机的雅致生活也有距离,他不完全属于哪个群体,更像是生活的观察者,带有孤独无助的成分。作家李佩甫曾说许建平作为一个作家,有着一流的童年。

十多年前，建平谈及自己为什么写作时，他说写作仅仅是一种爱好，是世俗生活之外的另一种空间。和同时代很多从乡村走向城市的作家不同，他们最初的写作都有改变现实命运的需求，这无可非议。关键是，多年来，建平一直没有让自己的写作染上世俗功利气。

作为和这座城市一同成长的小说家，这座城市的见证人，建平笔下的郑州生活，为我们这些后来者打开了未知的城市空间。20世纪80年代末，我虽在郑州管城区度过了大学毕业后最初的两年，所供职的郑州十中，正是建平和许多资深郑州人青少年时代就读的地方。但我真正认识那里的生活史，是从建平的小说里。

建平自1990年代初开始写作中短篇小说，至1990年代中期，涉及的内容多是他青少年时代的记忆，如他新出版的小说集《生存课：许建平中短篇小说选》里的《文先生》和《槐树街上的浪漫主义》等。

《文先生》写的"槐树街中学"，就是以1970年代的郑州十中为蓝本的。在"文革"的影响还未结束的时代，革命感情统帅一切的时代，小说家建平打开了个人生活的另一个隐秘空间。那个文先生，形象如"五四"时期的知识分子，是唯一一位坐着讲课的老师，语文课讲得类似大学的文学课，自由挥洒,观念西化;处理妻子的出轨也是绅士的做法……但在粗糙的生存环境中,文先生的文明和教养便成了黑色幽默,他的道德底线,他和周边环境的格格不入,使他陷入不幸的处境。

在一个人人都革命化、简单化的时代,文先生是一个有景深的人物;用作家韩少功最近描述"文革"的话,在全民"圣徒化"和"警察化"的时代,文先生还是一个有真情实感的开明的知识人。

《文先生》是一个短篇,但至少拥有一个中篇的内容;《槐树街上的浪漫主义》是一个中篇,但在一些会经营的专业作家看来,那肯定是一个长篇的素材,而且是多么好的素材呀!小说家建平如同生活中的建平,可是一个把宝石当石头,又能视石头为宝石的人。

《槐树街上的浪漫主义》写"我"和槐树街上的一代盟主"三哥"自1970年代末以来的生活,一代人在一个街区的成长和分崩离析的历史,有个人的精神成长史,也有衰败史;亦有街区生活内部秩序的变迁史,以及个人与时代生活互为的关系。

在建平的小说里,很多故事都发生在"槐树街",可以说"槐树街"是建平小说的地理坐标。这个"槐树街",很像是1980年代末之前郑州十中门前的书院街,建平说是南大街。

无论是南大街还是书院街,1980年代末之前,管城区有不少这样的小街,有些就是土墙剥落的狭长胡同,一个连着一个。那时商贸的劲风还没有吹到管城区,那里还保持着老郑州的模样。

这篇写于1990年代中期的小说,曾折服过一代评委的心,获河南省第一届文学奖。也可以说,这是建平1990年代中期的代表作。真正的好小说,是可以超越时间的。今天再读这部作品,或者十年后再读这部作品,那个年轻英俊、意气风发、目光如炬、有血性和胆量的"三哥",依然让读者放不下。这个"三哥",在社会生活的规则里,是个不法分子,常常落入法网;但在"槐树街"上同时代人"我"的眼里,"'坏人'三哥,却坏得有声有色,十分大气;坏得很有格调,很上档次;却坏得胸怀坦荡,气贯长虹。在那个混乱不堪的特殊年代里,不法分子三哥,确实曾经庇护了一条街上的良家少女及妇幼弱小,甚至曾经照亮过一条街上的人心"。

"三哥"这个人物身上,有着来自民间江湖的侠与义,即便是在打斗中,他也是很讲规矩的;在法制达不到的地方,却是"三哥"这样的人物,维系着一条街区的世道伦理。从作者饱含深情又控制得很理性的笔触,可以看出,他希望男人能有雄风和胆量。

建平写这些内容时,没有受任何观念的影响。他能以多元的眼光观察世事,他懂得尊重人心、体恤微妙。我接触到一些青年作家,他们自认为写的是独一无二的生活,实际缺乏独特性,感动不了别人。不可忽略的一个原因,就是他们思维的观念化,使他们表达出的生活是一种观念化的生活,观念影响了对生活多元的认识和呈现。

建平1990年代中期以后的小说,描述着这个城市的变迁,尤其是这个城市成为"商城"之后,人情、人性的变化,如《诗人舅舅》《工程师姨夫》《屠杀背景》《情人节》等。建平作为生于此长于此的城市人,他能从容耐心地观察这个城市,不带城乡对立偏见地观察城市人的生活,更能在人性的层面上体会城市里孤独者的心境。如《失声痛哭》这个短篇,把一个退休老人的行踪和孤苦难言的心写得那样入微,与麦卡勒斯笔下的小人物有着相近的孤独。那时麦卡勒斯的小说还没有被翻译到中国来。

建平写作的性情属于安德森、卡佛、麦卡勒斯这一脉。小说家红都,也是建平的精神盟友,在《生存课:许建平中短篇小说选》序言里认为,建平的小说表达着真正文学意义上的郑州,当然,又不仅仅是写郑州的。

已记不清是何年,我在建平的办公室,他从抽屉里拿出舍伍德·安德森的《小城畸人》，福克纳称这个安德森为"我们这一代作家之父"，这本20年前建平就读过的书，在我的面前从此翻开……包括卡佛的小说，也是在很多人都还不知道时建平推荐给我的。我们属于在现实中疏于交往，在某张书页里有通感的朋友。更多的时间，建平是心在文学中，只读不写，是纳博科夫似的那种细读。

从来没有在农村生活过的建平曾说，他最喜欢的花是棉花，他喜欢的事物总是带着大地深处厚实的温暖，建平在他生命的品质里写作。在这个现实化的时代，对这样的小说家，理应表达心中的敬重。

原文发表于《河南日报》2015年12月31日

明了与散淡的红都和他的写作

2013年深秋,我来到白乐桥1号的窗前,那是一个满目青山和茶林的窗口,南方的鸟叫着,我给红都通电话,说正在读他的作品,红都爽朗地说:"在那么好的地方,你应该读更好的作品……"我喜欢红都谈起自我和文学时的明了与散淡,就像我喜爱世间所有的植物一样,它们不会自我表扬,但支撑起我们视觉和呼吸的理想。

我和红都同在一城,二十多年也没见过几次面,属于红尘背后的朋友。初见红都,是1990年代初在郑大陈继会先生家里,红都地道的普通话,格子围巾,举手投足间现出二三十年代现代作家才有的那种清俊、风流,在莽莽厚土的河南,可是难得的异样。多年后,红都已是一家大众文化刊物的主编,做了不少大事等,我去他临时搬迁的办公室,他办公桌上堆满了或新或不太新的书,一套一套的,全是好作品,这些书高高地隔在我们面前,我们的谈话怎么样也得先谈谈这些书……在我不太清晰的记忆里,红都惆怅多于兴奋地盼望将来——去山里安居写作。

今年听说红都成了董事长,负责的事更多了。但对一个有幻想在心的人,他总在进行着内在的旅行,外部生活永远是不够意思的,而文学是表达深层生活的方式之一。因此,这么多年,红都身在职场,心里一直揣着文学。中国作家有不少是靠写作改变命运,后成为职业作家的,其功利性的血液,在写作的历程中,有相当一部分并没有清洗净;红都是在与这个世界找不到对应的地方写作,是从内心出发的写作,这种写作,量的多少,已不是首要,首要的是它阐释着真正的文学精神。

我一直认为,一个作家的心性和写作的品质比他的作品更重要,因为,它们是作品的天空和土地。一个作家,并不只是坐在桌前才叫写作,那是看得见的写作;写作在一个人的一生中,在心智中,在黑暗中,一直在进行。在我的理解里,红都的写作更多属于后者。

红都的写作不拘泥于文学的形式,这些都是他四十岁以前写的作品,这也是他的第一本作品集。

红都生活中的美学风格,1980年代中期毕业于南开中文系的才智,和他对文学的定位等,使他的作品有着不一样的气息。

第一,他有美质生活的眼光。如男主人公懂得情感生活中微妙的界限,懂得节制,知道怎样尊重女性等(《临界状态》);懂得欣赏女性清奇的美,懂得时间的另一种意义(《如何评价一次出轨约会》)。这些说起来都是常识,但在很多中国男作家的笔下,我们看到的情感多是粗糙的,以自我为中心的。美质生活的介入,有助于我们与身边的人、与这个世界更美好地相处,这也是当代文学缺少的元素。

第二,他倾向于表达小人物的内心生活。如《老尹,你好》《水门丁或老水》,一个是一辈子也没转正的中学老师,一个是看门人,在我们的想象力之外,他们自有乐趣地生活着。在红都的笔下,任何一个生命都有他人难以猜透的内心取暖的方式,都有梦想和忧伤;都被这个写作者既审视着又怜爱着。

第三,这些作品大多带着出众的青年时代的印记——青春时代身心找不到安放空间的焦灼和迷茫,这焦灼和迷茫是青春的热情所致,是生命繁盛的气息,这种气息和梦想一样,渐渐就找不到了……一切都在不可阻挡地凋零。这使红都的作品,在故事和命运背后,有着深深的伤逝感。(《我们的信心在哪里》)这也是我们每个人的来路和归程。

红都的语言幽默、机智,有着自然的反讽风格,只有在完整的语境中才能明白他的真实用意。还有他对现代生活的隐匿性和复杂性的把握,形成的小说形式的后现代感,使他的小说意图不断分裂,呈多元化特征。如他一篇小说的名字叫《如何评价一次出轨约会》,最后方知,小说内容根本不是字面上的那种含义,真正的约会只在一个人的心里发生,现场却是为他人创造故事的喧闹聚会。既非游戏亦非严肃,带给人的是荒谬又荒凉。

红都如此关注现代人内心生活的真实性。因为,对于红都,写作不关职业和奖誉,它是生活的另一种延伸,也是被梦想所牵引。

2013年岁末于郑州

原文发表于《河南日报》2015年3月1日,

原题《红都和他的作品》

尘世中那根最冷寂最柔情的弦

——傅爱毛《天堂门》点评

几年前读过傅爱毛的小说,但阅读记忆已随时光流逝,也许是主观原因,也许是那时傅爱毛的小说还不足以震撼人心。近日读她的《天堂门》,我在内心默默地惊叹:爱毛的小说已经写到了这个地步。

那是决绝的狠,把一个生命抛到尘世的最底,甚至已经过了底,在阴阳之边界了。但傅爱毛非常怜惜这个最底端的生命,给她起了一个端庄自然又美质的名字——端木玉。从尘世的眼睛看,端木玉这个女人不仅是上帝的败笔——丑得一塌糊涂,她还执拗地、荒唐地以"美"为职业,企图逆转自然命运。在现实面前,尤其是在以表象亮丽为首要的美容业面前,她当然会碰壁。在活人的世界找不到美容职业,她就去了死人的世界——到殡仪馆当美容师。从此这个女人不仅丑,而且染了晦气,活人的世界不是仅仅拒绝她,而是开始逃避她了,就像躲避瘟疫一样。

也就是说,端木玉最深的不幸,还不是她的丑,虽然那是诱因,而是她和现实潜规则的抗争。来自生命根底的那种执拗,那种向美而去的心性,使她被关在了活生生的现实世界门外。

作者如果没有足够的心劲儿是不会这样写的,也不敢这样写,这太是一种挑战了!让这个被尘世拒绝掉的生命带着烈焰般的渴望,企图抓住另一个、另一些生命,触摸到活着的温热感觉;让她一点点地升起来,那是领悟了此生此世的爱,是对活着的绝对珍惜,带着她飞升。这个女人她真的是穿越了尘世的最冷寂,步入"天堂门"……

《天堂门》的感人和力量均在于此。沉得彻底,升得有力!

这个女人从最深的不幸里,从最不堪的处境里,坚持寻找并努力抓住幸福的感觉。她从来也没接受过这种不幸就是她的命运。

作为殡仪馆的美容师,端木玉从来不把死者当成"死者",而是当成具有不同个性的"人",视他们为尘世间最后时刻的朋友。她尽量了解死者生前的情况,依死者的性情爱好去化最适合的妆,完成他们此生此世最后也是最完美的造型,让他们体面快乐地上"天堂"。她非常人性地做着这一切,即便是经手了上千个死者,目睹了各式的人间惨剧,她也依然没有麻木,看到遭意外事故的死者,她还是会禁不住内心酸楚,小心翼翼,唯恐会碰疼他/她……没有谁要求她这样,是出自她内心天然的爱和道德感。美容师端木玉这样做时,其实也把自己从阴森森的气氛中拯救了出来。

一个人如果自己不省悟,不能从心性里尊重自己所生活的这个世界,仅靠社会生活中意识形态化的教育,很可能会出问题的。尤其是这个急功近利的时代,那些"爱岗敬业""无私奉献"的字眼更不会简单地渗透到日常生活中去,很多人失去了职业底线,譬如生产出威胁人们健康的伪劣产品。从这个角度讲,这个时代更需要类似《天堂门》这样的文学作品启迪和渗透世俗人生。事实上,越来越多的人无视文学,文学所能发挥的影响力也越来越小,写作者自身也是问题重重,缺乏持续表达的耐心。

傅爱毛写得非常有情感和耐心,她把众人所忽视的无声无光的生命,写出热烈来,譬如巷子深处的双重残废——瘸腿哑巴,他大悲大喜的唢呐声,让人感受到一个生命从泥土里拼命生发出来的渴望和力量;他做的那些纸扎品,虽然是要随死者付之灰烬的,但个个儿都做成了艺术品……傅爱毛一点一点地写出这个看起来笨拙的男人的灵秀之心、他的情怀,端木玉与这样一个认真活着、胸藏锦绣的男人相遇,彼此抓住幸福的感觉,可谓是水到渠成。

什么是天堂?伍尔夫曾说:"有时我想,天堂就是持续不断、毫无倦意的阅读。"这是一个作家所感受的天堂。对于类似草根的生命,被尘世遗弃的生命,天堂或许就是彼此相懂、相惜的那个瞬间及其持续,他/她找到与这个活生生的世界切实可感的温暖联系,感到自己是爱与被爱着的生命。

这个联系,这个温暖的天堂或者尘世的入口,端木玉寻找得非常困难,或者说是伤痕累累的悲喜剧,譬如她拨陌生人的手机号,只是想听到声音,与活人讲讲话,结果总是挨骂。为体验一个正常人最常规的生活,误入"梧桐雨"这种"另类"去的地方。就这样,她意外地遇见了一个叫"3+1"的男人,一个艾滋病患者,一个在此世丧失了温暖感觉的人,他渴望活着时有人能友好地和他握握手。端木玉这个女人,在尘世最冷寂区域的穿行中,真正理解了生命的大悲欢,她泪水奔涌地与这个不久将要离世的男人握手,并答应最后陪伴他、为他送行的那一刻,这个男人或许已经触到了升入天堂的感觉。在相惜、相握的那一刻,他们一起敲开了天堂或者尘世的门,一起拨响了尘世中那根最冷寂最柔情的弦。

《天堂门》中,端木玉、瘸腿哑巴、"3+1"男人,这些被尘世遗弃的人,几乎丧失了爱的资格的人,都在现世中寻找着与内心最契合的通道,以浸骨入髓的方式表达着爱。可以说,这是一篇打开爱的心路历程的小说。

从这篇小说以及傅爱毛近年来的其他作品,如《北京媳妇》《桃花劫》等,可以看出,傅爱毛是一个以对生命的深度体验取胜的作家,并且她有着扎实的乡村生活经验。譬如,她写乡间的丧葬场面,把我童年的乡村记忆都唤醒了,那种狂欢不羁、野性喧闹的唢呐声响彻于天地之间,那悲中的喜庆,那对于生死的豁达与洞明,傅爱毛写得淋漓尽致。《天堂门》,因作者自身独异的、综合力量的凝聚,有种自然的冲击力。那是靠技术或者别的方式所不可能达到的。

像傅爱毛这拨1960年代中期出生的作家,能够执着于本土经验,以拙朴的方式写作的人,日渐减少。写作的技术化、聪明化倾向越来越明显,还不仅仅是叙述方式的扑朔迷离,更有甚者,是不同年龄段的作家都有翻版影碟、新闻资料的现象,甚至有的还据此演绎成长篇,创作变成了改编和复制。一个作家,没有原始生活,没有艰难的心路历程,无论他多么高产或蜚声文坛,从内里来讲,都已经不是作家了。

因此,看到我的同龄人傅爱毛,这样诚恳、彻底地写着,并渐入佳境,作为一个看重写作品质和人性之光的评论者,心中真的是感谢和感动。像她小说中的人物一样,傅爱毛找到了一个写作者对得起文字的那种入口、那种持续,因此,她才能拨响尘世情感中那根幽深的弦。

从一般的阅读意义上看,读了《天堂门》,读了端木玉这个女人的一生,再面对并不那么如愿的现实,好像已经没有什么可怕的了。真正优秀的文学作品应该是这样,它给读者以明媚的力量。仅此,这篇小说也应该推荐给广大读者。

原文发表于《作品与争鸣》2009年第1期

汇聚起你生命中的灵光时刻
——评青青《王屋山居手记》

人到中年,作为记者的青青,出于职业需要和自我选择,过起了一种半离都市、安于僻地的生活,先是在王屋山下的小城济源生活了五年(2012—2017年),其实"小城"并不小,只是相对于大都市或郑州而言,它依着世人皆知的"愚公"移不走的那座大山,给人以静谧和神秘感。

也许,最初青青并非完全自觉,在"深山褶皱的小城市里",也难免有孤单感,如《山静如太古,日长如小年》,篇名就道出了另一种存在——仿佛时光停滞。那时的青青只是写出了散文集《二十四节气》,她的写作还处在未充分展开状态。我感到,在王屋山下的这些年,青青有了更多的时空去面对自我、文学和山川草木,这期间,她写出了以植物命名的小说集《小桃红》,和萧红精神感应的《落红记——萧红的青春往事》,写出了带有个人幻想气息的《访寺记》,还记下了她与自然万物心心相遇的时刻,这就是离开济源之后,在回望和怀想中整理出的《王屋山居手记》。可以看出,青青是在这里步入了她精神生活的丰盛岁月。

《王屋山居手记》写的不只是她在王屋山区的生活,还有在此的情境和心境,激活了记忆中那些闪着灵光的时刻,激活了对这个世界更深广的理解,可以说,这本书汇聚了作者生命中有关自然的最美记忆。犹如纳博科夫的那本书名《说吧,记忆》,生命在某一天都会破败,我们也终将明白,蜕去社会的物质的外壳,人所拥有的,唯有记忆而已。

青青在《山静如太古,日长如小年》里写,在被山轻轻合抱的小城里,找到了从小住在南阳盆地的感觉,莫名地开心起来。这开篇之作主要是写寂静的,她理解的寂静"不是没有声音,而是充满了自然的声音,不是人类的噪声"。青青有强烈的心愿和心力享受寂静,结束了白天的采访工作,黑夜她在山里听闪电的声音,"像是丝绸被巨手撕破";雷声停下来,"山谷里蕴满了寂静,那是太古初开、洪荒生成、宇宙新生的寂静,这寂静里又有万千的动荡在生成,人不由得缩了一下身子,把自己缩在一角"。这寂静却有万千的动荡在生成,在这巨大的寂静里,人心生敬畏,直感到肉身的卑微。这是倾听自然,听懂了。她写紫微宫里的道姑与山风、小溪、各种小动物相伴的

汇聚起你生命中的灵光时刻

寂静生活,牵出了自己童年时鸟鸣的声音,青蛙高低相和的叫声,梦里梦外恍惚不定,人仿佛"浮在高高的秋夜中"。

有时我感到,一个人有了基本的生存保障后,把生活过成什么样,与他的心性、心智及早年经验相关。即便同样的社会阶层,各自的生活品质及幸福感也可能千差万别。青青对自然和寂静的喜爱,也影响着她生活的选择和人生的轨迹。

青青居住的小区很大,最初她看上的是那里的水和植物,多年后的现在快成了一个杂乱的小镇,车开进去开出来都不是件容易的事,这里对于别人,可能已不宜居,但她仍舍不得搬走。"因为在这个小区里,我还能偶尔找到残存的宁静。"

青青应是最享受这里一草一木的人。在《王屋山居手记》里,青青不止一次写这个小区里的动植物,及自家门前的树木——

> 而我的窗外又是两排高大旺盛的杨树。日日相看,她们已经进入我的生命,成为我的一部分。我身体里的波涛与水纹,都有植物的倒影。……听着风声鸟鸣,你也许就忘记了自己到底是为了什么站在树下,又是在等待什么人……(《一棵自言自语的树》)

青青的文字,像她这个人,情深义重又风趣灵动,人事可能的焦灼,在她的树语鸟鸣里消散。我和青青同居一城,相距较远,并不常见。今年春天,她顺道来我居住的小区,打电话说:"我到院里了,在两大棵紫薇树下等你。"我笑问:"你在哪两棵紫薇树下呢?这院里可是很多紫薇。"河南的春天那么短暂,我就以户外嫩绿的春天招待青青,我们都感到比在室内喝茶更清爽。和青青这样性情随和的人做朋友,可以随心随兴随缘。

青青对房子的要求是这样的:"我对房子的要求不高,窗外得有树,最好满窗皆绿。现在这个房子住了十四年,窗外的杨树已经冲上了晴空。写累了,总是抬头呆呆地看一会杨树,还有叶子间的晃动的晴空。"(《一棵自言自语的树》)

杨树是中原大地上最普通的树种之一,但长在了青青的窗外,在她懂得自然之美的眼睛里,这杨树的四季、昼夜之美,皆不同凡响。在秋日的大风中,黄叶满地,青青走在这美好的黄叶路上,脚步放轻,屏住呼吸,但忍不住感慨:"杨树哇,你为什么这样好,对人类充满了好意?"

这小区里,且不说青青写过的湖畔的杨柳、清荷,月光下初雪一样的梨花,她数过的39棵蜡梅,她的樱花大道与红叶李等等。我想,仅就这窗外的杨树,也许就让她不舍得离开。对于一双审美的眼睛,一颗热爱万物的心,有时一棵杨树足矣。她是那样理解生活,创造生活,谁还能伤害到她?

但是,这杨树也被物业砍掉了,理由是夏季暴雨可能会砸到汽车。树的命运,掌控在这些自我中心和功利取向的人手里,他们感觉不到一棵树被砍下的疼痛。这可怜的树,树根居然又迅速地爆出新芽,"不抱怨,不记恨,受到伤害后能更快地成长"的杨树,就这样让青青的窗前绿荫重现。万物有灵,这树也许能知道青青喜爱它们,正如艾云在此书序里所言:"大自然给了她保护与恩典,让她免受伤害,这正是她视自然为图腾而崇拜的根源。"

在《皂角树长满了山沟》一文里,她写王屋山下村民们传说中的五百多年的皂角树,在大炼钢铁的年代,被锯倒时刮起了龙卷风,锯树的人或死或疯。现在看来,这有物理的因素,所谓树大招风,同时这传说也说明人们对自然的敬畏之心,老人感叹:"百年之上的树都成了精,砍不成了。哪一棵树上不住着仙家?"青青很会记住那些原汁原味的"老话",她能品出那里面的味道。

在青青的笔下,王屋山区还住着这样一家人——孤独岭上,辛夷树下,因辛夷花的缘分重组的一家人,一位郎中用辛夷花治好了这位女子的顽疾,为躲避野蛮的丈夫,她就带着孩子从山西和他一起逃到深山里来了。树上开满了辛夷花,"像一面哗哗响的白色旗帜,在这孤独岭上飘扬着",树下的生存不易,女主人焦心着孩子不能下山上学。爱自然的青青,懂得爱所有的生命,她答应帮孩子上学。偶然得知,在地方上,青青帮过不少这样的弱势个体。

进入秋山,就是一场盛大的美育。《树树皆秋色,山山唯落晖》一文,写"秋山之美,美在好色",当地山民知根底又带着民间想象的解说,比教科书要有趣得多。他说黄栌,"长在向阳的地方、风口的地方,叶子就会红得亮眼。还有树下的土质,矿物质含量不同,树叶子的颜色也就不同呀"。"用山上的树染的布不掉色。"青青在大自然中看到的颜色,在美术教科书里也找不到,如她命名的"柿子色","我最喜欢秋天的颜色——柿子色,通明的软红色,上面有一层秋霜"。

如果在山里读书,那么,山泉、山风、山影、林木、鸟鸣、日月星辰都会融入这颗阅读的心,或者你一会儿看书,一会儿看景,这种非现实情境的阅读,恰适合读博尔赫斯这类的作家作品。博尔赫斯曾说,"天堂应该是图书馆的模样",《风声和博尔赫斯谈话录》一文,写的就是类似天堂般的阅读情境吧。

人世间还应有这样的时刻——一家人一起到广阔无垠的夜空下仰望星空。青青写:这夜空"乌蓝明丽,月亮不像是在天空,而像是悬浮在宇宙之中,与天空遥遥相望","月亮下烙着三个人的影子,他们是一家人,既互相关心又互相厌倦,但现在月亮的温柔黏合了他们,他们一起享受着月光下的静谧、温存,每个人的脸上有着安静的笑意。月亮的温柔填满了彼此的间隙"。(《橡树上的星宿,在马厩里跺脚》)人和人之间,无论什么关系,若每天都在日常琐碎现实中,都会厌倦,都需更辽阔之境。作为一个母亲,青青感言:"我觉得让女儿懂得欣赏大自然的美,是非常重要的。以后不论生活如何贫乏,她仍然可以从白云、清泉、草木、花朵里感受一个生命存在的妙处。也许几十年后,我也化作尘土,但女儿仍然能记起这样一起仰望星空的夜晚,并为之缅想。这也许就够了吧。"

现在的孩子,无论是在城市还是在农村长大,都缺少和自然相处。农业时代已成过往。每个时代有每个时代的问题,当我们走出乡村,有能力回望乡村生活时,才能发现它的自然之好,这自然之好,应属于每一个时代,应成为思之维度融入我们的日常。今日的应试教育和各类培训,已经让城市家长和孩子不堪重负,农村孩子大多也有电子屏幕、电子玩具这些伤眼伤神的玩伴,室内教育、消费性玩乐永远无法替代来自自然的美育和启示,在天地之间的童年生活,让一个人的一生更接地气,于现实生活之外,还有更多可爱之物。还有最基本的,自然会养育孩子身心健康,这无价的资源,我们却来不及重视。

在南阳盆地农村与奶奶相依长大的青青,没有今天农村留守儿童的种种问题,而是有着向日葵般的性格,在光与影之间,生机勃勃地迎向阳光。对此,我曾有好奇和不解,现在我应是明白了。当然时代情形不同,个人天性等也不同,不便这样比较,但有一点应是同理的,就是无论哪个时代,哪个国家,如果你很在乎与自然的关系,你就很可能创造出生活美的奇迹。如我曾迷恋过的德国作家黑塞,除了迷恋他的作品,更有他的居住地,为此曾写《黑塞的居住地》一文。1904年,黑塞第一次结婚,在没有任何外在压力的前提下,他辞别了以往所担任的职务,移居到瑞士农村,专事写作。黑塞和妻子租下了博登湖畔的一座农舍,他们竭尽了青年时代的全部热情安排这座住宅,每一枚钉子都是黑塞亲手钉下的……在林荫道的两侧,他种植了数百棵极大的向日葵,在向日葵下则是上千棵呈现不同层次、红黄相间的金莲花。这基于黑塞热爱自然的天性,也基于他对孩子成长的考虑:让孩子们在自己家的树荫下生长是最为美好和妥当的。

"让孩子们在自己家的树荫下生长",这句话我一直记着,甚至成为我的情结,因为我喜欢但做不到。作家黑塞这种主动选择,是朴素也是奢侈的精神生活选择。但在我们豫西南的乡村,童年的青青和奶奶住在村头,面向一望无际的庄稼地,屋子周边有竹林、槐树林……傍晚会有数不尽的鸟雀飞入竹林……

青青的童年有两个最无价最优秀的老师,一个是有乡间生活智慧、自然之爱的奶奶,一个是无边无际的大自然。其实奶奶和大自然不可分离。中外不少作家背后都有这样一个启人心智的祖母或祖父。

在《王屋山居手记》里,青青写奶奶:"教我用气味来与自然对话",奶奶能嗅出"雨快来了"的气味,不仅能嗅到暴雨,还能嗅到第二天早晨会来大雾……奶奶用光线来计算时间,以树影为参照系,基本准确无误……捋槐花时,奶奶只摘花串,绝不折枝掐叶,"那样树会痛","她让我从小接受了万物有灵的思想"。童年的青青像小猴子一样噌噌地爬上了树,"我在树枝间穿行,槐花串如大雪纷纷……我在槐树上看到了更远的伏牛山……更远的地方还有什么,我看着天边飘荡的蓝雾,不禁怔住了"。

奶奶让青青学会了爱与理解,成年的青青发现,光线不仅能指挥时间,也能指挥花草,她家小院子里的牵牛花和晚饭花都是对光特别敏感的花,"这一点好像是奶奶再世,让我对她们生出亲切之心"。在青青的笔下,每一朵花,每一棵草,都可能照见奶奶在世的岁月,牵着她的心和情。

童年的青青,在村头和奶奶、自然相伴的岁月,成为她一生不断回望的爱的海洋。我甚至认为,《王屋山居手记》是青青生命中必然要写的一本书——一本献给自然和奶奶的书,一本表达寂静、热爱与敬畏的书,一本抵抗尘世喧嚣的书。只是作为作家的青青恰时来到王屋山下生活,在那里找到了回望自我、童年、大千世界尤其是和自然界深度感应与理解的通道,这里的自然山川促成了她前半生的自然物语聚现大意。

譬如，在生态环境不容乐观的疫情时代，也可把《王屋山居手记》当成一本典型的生态文学读本来读，只有热爱、敬畏自然，我们这些在病菌和环境面前不堪一击的个体乃至人类，才能活得不那么焦虑。因此，可以说，这本汇聚了青青生命中灵光时刻的书，也是一本对世间万物充满善意，让人活得美好的书。

原文发表于《散文选刊》2021年11期

扎根于"历史"和"理想"
——张晓林和他的《书法菩提》

2014年冬天,在黄河岸边的"河南文学会议"上,分组讨论时,我和张晓林是一组,他的发言让我很是吃惊,围绕"生活"这个话题的讨论,大家基本上都在现时的经验和学理中来谈,而张晓林把这个话题带到了"理想"和"历史"。他认为,理想中的生活更具有文学价值和审美价值。因此,他正在进行的写作就来自他最喜爱的中国古典文化,他对中国古典文学、历代名人雅士的兴趣和研究已多年,他正在从书法文化的历史长河中来写小说。他说,写小说需要向文化延伸。大的小说须有大的框架,一个作家对自己的领域,对知识的占有量,一定要高于读者。他用遥远的高光来照射今天的"生活"和写作,有着迥异的视点和气象。从此,我开始关注张晓林。

这个春天,张晓林时常5点多就发出微信:"晨起临汉印","余学印一月有余。已临汉印百余方亦"。"初学时,总把握不住刻刀,碰见石上有砂钉,刻刀常撞手至伤。""刻印时颈椎大痛,手下刻刀亦时有颤抖,不能深达吾意。""再临汉印,斑驳、潇洒、正气、蕴藉,是我所追求的风格。"看到这些信息,我深感自己时光的虚度,深感晓林是这个时代少有的聚神于中国古典文化的文人。晓林临印、临碑帖,出于少年时代以来的习惯和爱好,更出于他的自觉,这是他研习中国文化的必要仪式和途径之一。临摹的过程,也是神会历代文人雅士之境界的过程。

从中国古典文化里走出来的晓林,言行亦有古风,默默做着大事,你告诉他一件小事,他也会很敦厚守信地去做。5月,我让他把手头在看的书发给我,他很快发过来:从《全宋笔记》《明代笔记小说大观》《清代笔记小说类编:奇异卷》《黄庭坚书论》《南宋书法史》《写意论》《大时间:重新发现易经》到西方的《罗马艺术》《作为精神史的美术史》,以及莫迪亚诺的《暗店街》、奈保尔的《守夜人记事簿》、纳博科夫的《尼古拉·果戈理》、赫拉巴尔的《过于喧嚣的孤独》等。可以看出,写作人在读的他也在读,大家很可能不读的,他更在读。我曾问他,一天的作息时间如何安排的?因为,他还主持着几份刊物,我惊讶于一个人怎么可以这样不休息?

我曾多少研究过罗丹的工作方式,罗丹忙得连生病的时间都没有,他的一生光阴流逝犹如一个工作日,他说,艺术家应该有足够的耐心,像滴水穿石那样。里尔克曾跟随罗丹,学习他的耐性和劳作。所谓天才,多是在漫长的自我训练中发展起自己的天赋,他们以坚定的意志,清晰地、一土一石地锻造梦想。

几十年的摹练、研习,"滴水穿石",使张晓林成为无可替代的"东京才子"。像古代文人一样,书法家和作家在他这里没有明显的分界。他在不同的心境、不同的时段,或篆刻,或书法创作及评论,或创作小说等。这使他的书法艺术和文学创作都有着更广阔的空间和更丰富的文化内涵。

《书法菩提》,作为10卷本笔记体小说《宋朝故事》中的一卷,写的就是他喜爱的北宋书法家群体。晓林自己说,可以当成小说去读,也可以当成历史文化随笔来读,还可以当成一部书法理论著作来读。

这里的每一篇,都简洁到极致,均为两三千或一千多字。一篇写一个北宋的书法家及相关人物。晓林在浩瀚的历史文化烟云里淘炼出最能表达人物个性和精神气质的细节,这些细节有真实的,有虚构的。关键是这真实的细节被激活没有?虚构的细节又是否具备历史真实?

这需要一个作家下太多的苦功,去做准备工作;还需要他有着穿透历史的眼光和进入历史现场的想象力,更重要的是,他懂得从历史里发现和提取什么。

张晓林用几十年的时光做到了。在《书法菩提》里,他对待历史的严肃,在同时代写作者中可谓罕见;他呈现的是他所认为的"理想中的生活"——中国文人自由的个性和清洁的精神。他觉得在今天我们这个时代,文人志士的精神已经断流,生活在文化古都的张晓林,在天时地利中,做着延续文脉的努力。

林语堂在《吾国吾民》中讲,"如果不懂得中国书法及其艺术灵感,就无法谈论中国的艺术"。

谙熟中国艺术精神的张晓林,他的文字,笔笔精致又古雅率性,简洁至极又意味无穷,章法布局讲究又浑然天成,分明是书法艺术之神韵在小说里流淌。"技近乎道亦"时,所有的艺术门类都是相通的。

从1980年代中国作家普遍受西方文艺思潮冲击以来,我们几乎忽略了中国文化这一维,似乎一谈传统就有不现代和封闭之嫌疑,现在我们才明白,一个作家必须扎根于本民族的文化传统之中,才能找到自己。张晓林却有着那么大的定力和悟道,在关注西方文学艺术的同时,多年来痴迷、深究于中国文化。这里面,很重要的一个因素,我感到是他真喜欢,而不少人是为当作家而写,为写而写。

经由《书法菩提》,张晓林把他写作的根,深深地扎在了中国的历史文化之中,从中寻找人生和艺术本有的、该有的精神标高,隐隐地承担着矫正现实的大责任。从此,张晓林找到了一个作家精神上的故乡,他也将成为河南乃至中国作家中独一无二的这一个。相比之下,我总感到当下文学界的"深入生活,扎根人民",有不少流行的元素,两三年的浮光掠影、"深入生活",扎的是太浅的根。我敬重张晓林这样的写作者,用几十年乃至一生的时光扎根于"历史"和"理想中的生活"。

此文为张晓林《书法菩提》之跋,现代出版社,2016年版

一个有趣的小说家,这样解析世界
——读杜禅《先知开花》

读完《先知开花》,我感到刚认识这个想象奇诡、思辨超常、能够俯瞰现实人生的小说家杜禅。我暗自责备自己,无论作为一个早就认识的朋友还是一个评论写作者,本该认真阅读、认真评论的作家作品,都被丢在了我的时光仓促和心思恍惚中,不只是杜禅的作品。

《先知开花》从经验到叙事,都是一部奇异的作品。该书编辑推荐语为:"一个平凡人和一种奇想相遇后的奇妙旅程。"这奇妙旅程穿越了世俗、儒家、佛教、道教、科学五个场域。这是杜禅"开花"三部曲中的最后一部,《犹大开花》《圣人开花》《先知开花》像三枚黑色幽默的炸弹,又像投向我们生活的"惊人又启人的反光镜"(白烨语),用作家李佩甫《圣人开花》序里的话讲,"堪与《第二十二条军规》比肩","有点儿向老前辈发难的意思了"。可见,杜禅的写作非同一般。

杜禅的这些书名看起来都有些奥奥的,似乎不是给大众读者看的,但他的作品你一旦读了,就不会中途放下,他的表达一语直抵生活本质,犀利、凛冽,启人心智;作品布局奥妙又清晰,叙事多元又节奏感强。确是好读、提神的作品。可以看出,这个作家对自我的写作是非常清醒的,他在浩瀚的文学背景里苛刻地要求自己。

大致来讲,《先知开花》写一个平凡人的"幻觉",这幻觉不是通常所讲的那种病理上的,而是文化上的,心理上的,世俗上的。从这里思考和起笔,这是个多么大的文学野心,需要怎样的认知、思辨、学识背景才能支撑起,又需要怎样细致而广博的经验才可使这思想型的小说鲜活波动起来。这对于小说家来说是个综合考量。

小说中,芸芸众生中的中年男子方程,在世界各地媒体报道"引力波"的刺激下,突然想起少年时梦中诞生的"器官假说",他曾把这个假说当成情书,献给他的初恋女生,也曾在不同时期给三个人讲过。"假说"大意是:如果在人的五个器官(对应视觉、听觉、嗅觉、味觉和触觉)之外再多一个,会如何?既然少一个器官有可能,那么再多一个两个也有可能,"世界上肯定还有许多东西,只因人们器官的缺少而不知它们的存在"。这属于少年的奇思异想,其实很正常,每个人童年、少年时都有超常的想象力,只是在随后的现实生存与功利性竞争中,这些"虚幻"之物被挤丢了,被风干了。

在我们的现实中,人到中年,绝大多数人都不做梦了,但方程又延续起少年时的梦境,并时常从梦中惊醒。那些梦境,比现实更让他感到有趣、有意义。用方程的话讲:"我的梦不是梦,而是我生命的一部分,它是我的思维在夜晚神奇地延续。"他居然发现自己原来也有些先知先觉,一个普通人有先知先觉,突然从日常现实的链条里挣脱出来,思考起先知、天才、科学家思考的事情,与他们相提并论,这在一般人的成见里,像是堂吉诃德从小说里走到了现实里,诡异而荒谬。首先是最关心他的妻子担心他出现了幻觉,怀疑他有精神失常的可能。

在妻子看来,丈夫开始变得神神经经,迷入假说,扮演大师,拒绝当普通人。杜禅很擅长写对话,真正有差异性的人物对话。在小说中,尤其是丈夫和妻子的对话,自然、幽默,充满隐喻。如方程在梦的天空飞,呜呜的声音从梦中窜到现实:

"又下不来了?"她揿开灯。"我也想看到太空什么样的。什么时候让我到你梦里看一看吧?"妻子央求道。

妻子的调侃和讽刺,像是在说一个儿童的游戏。方程从睡梦的高空中和现实的飘飘然中都下不来了。梦永远无法像实物一样被他人看见,方程的梦境是真是假,也无法旁证。但是，我分明感到了在像梦一样性质的生活中，人注定是孤独的。本来感情融洽的夫妻，现在被梦和假说隔开。正如李佩甫《圣人开花》序里写的，杜式语言如锋利的小刀，旋转似的刀法让人想笑时不由得一怵，而"小刀低语时，会有默默的哭声传来"。"旋转似的笔法"，佩甫先生总结得很准，这也是杜禅的先锋小说艺术得以持续突破的秘籍之一吧。

日常生活的秩序被打破以后，他们之间的生活变得不堪承受。持续的争执、惊悚、怀疑、绝望，使之前理性温柔的妻子快要变成一个不认识的人，有天晚上，妻子的情绪走向失控。方程知道跨过临界点，就是另一种毁灭性的生活。作家杜禅对于人的情绪如何失控的描述，对于生活的临界点的测探，让我悄然心惊，它提醒读到这些文字的人，以理性和智慧去呵护生活的脆弱性。

方程为了证明自己身心健康，没有疯，他开始寻找那三个曾听他讲过假说的证人，而这三个人又分属于三个场域——儒、佛、道。在儒家场域，他被判定为功利性的"剽窃"；在佛教场域，因轮回理论，意外地被接纳，认为他在前世是"先知"；在道教场域，推论出他身上可能多长了个器官，疑为"奇人"。还有，医生认为他患了"新型妄想症"；在科学场域，他又还原为一个充满梦想的"普通人"。

不同的场域有不同的信仰体系或学理判断，他们对方程这同一个人、同一"假说"的态度,完全持不同的看法;有时候方程自己也跳出来,像个旁观者,类似尼采说"瞧,那个人",方程看到那个人"凡夫肩膀担着重如地球的使命,更加觉得自己可怜,又不由得抽泣"。他也在自我反讽。这篇小说,有多元场域中的不同视角,也有同一场域中的不同视角,可谓真正的多元视角。最初的目的在眼花缭乱的求证之旅中,被节外生枝、迎面而来的人与事,浪奔浪涌地冲击着,变得像浪花一样翻滚破碎;带着方程冲向探究与表达边界的,是他那颗产生"假说"的幻想心。

方程这个成年人的身上还流淌着童年的精神血液,是个生机勃勃的没被现实塑造的有趣之人。这个人物,是我们的生活和小说中都少见的对什么都好奇、探究又怀疑的人,是盛开在我们现实生活链条之外的奇葩。这应是《先知开花》对当代小说的贡献之一,用福柯的语汇讲就是,它贡献了一个没有被时代和现实所规训的个性化人物。

方程这个奇思异想的人,又是个经验实证主义者,他自身也充满悖论。他的求证之旅,结果变得越来越虚。最后他找到当年的初恋女生,又演练一次当年的求爱情境,当他把记忆中的一切告诉她时,并没有从她那里得到验证。或许不是记忆的错位,而是虚幻与真实的错位,他爱的原来是时代文化塑造的一个偶像,正如妻子对他的追问:"什么叫自己?你自己的初恋都缠绕在文化的幻象里。"

小说让我们看到:当我们对自我与文化、自我与世界缺乏深入理性的思考与认知时,我们很可能把模仿生活当成了生活本身。

《先知开花》这部小说,以特别的多元视角、互文推进的方式,深入解析文化幻觉和人生幻觉,解析自我与世界的关系,来呈现世间万象和真相。这是一部有大思考的反思与创造之书。我想,这应是陈晓明等评论家所公认的杜禅写作的"先锋性"之所在吧。

我知道,为这本书杜禅投入了太多的心力和时光,前后几年,做了大量的资料研究,也去了终南山等地考察、居住,他视文学为个人精神生活的必需。生活中的杜禅,总是充满活力、热情和奇想,是个自由不羁的豪侠之人,他的人生更是他的代表作。一个在功利性生活链条中的写作者,也许很难写出这种深度解析自我与世界的奇异之作。

原文载于中国作家网 2021 年 5 月 11 日,《河南日报》客户端 2021 年 5 月 26 日

一生怎样才能保持住自我

——鱼禾《情意很轻，身体很重》读记

在我的印象里，鱼禾在微醺状态时，才是那个叫鱼禾的作家，热烈又凛冽，错综复杂又清澈见心……作为一个写作者，我肯定羡慕这炭火和冰雪兼有的鱼禾，因为一个写作者得有消化酒精以及消化各式生活的能力；而上帝让我酒精过敏并只能消化植物一样的生活，我知道这是多么致命的单一。但作为世俗生活的妥协者，我担心那些酒精会伤了鱼禾的身体。其实，我的担心也是多余，看起来，鱼禾可是刀枪不入，官场、酒精、生活的变故等，无一能在鱼禾的面孔上留下影响。一个作家生活到什么程度，自然也就会写到什么程度。在某种程度上，作品就是她的精神自传。隐退到自我中的高手、欧洲近代散文之父蒙田曾说，"人生的最高艺术乃是保持住自我"。鱼禾的新作《情意很轻，身体很重》，如果非要简单地概括，就

是人,现代生活漩涡中的女人,一生怎样才能保持住自我?

从书名就可以看出来,这不是习惯化的方式。编辑杨莉给我书稿的打印样时说,"这是一部长篇小说"。是什么文体只是一个名称吧,重要的是把悖论重重的人生自由准确地表达出来。

鱼禾哲学运思的冷智贯穿这些文字,这就使她无论描述什么,都因了深度而清洁,思想是生活和文字的清洗剂。中国当代这个年龄段的女作家中,大胆感性表达的常见,有思想能力的却很少,这就使她们的作品有种下坠的气息。是训练也是天性使然,有多年散文写作经历的鱼禾,语言已到简洁至狠的地步,并让人能抓住文字的表情。在这部作品中,"我"向一个叫豹子的男人讲述"我"的情爱史,"我们"的情爱史,有些类似博客、日记体的自由表达,那些文字是指向内心的,像是很多很多年后,月夜山石上,"我"面向上苍,清理自己的前半生。毒素已经过滤,虽然"我"说出的真实,是将就和不堪多于美好,无意义多于意义;很多时光,很多辛苦,都不过是献给了敷衍和虚妄。但没有怨悔、没有刻薄,心带着沉重的肉身在向上超拔……

我只是想说,这多么好!无论是女人还是男人,要想建设而不是拖沓自己的生活;女作家还是男作家,要想对复杂人性做更真实的分析,并向高贵性发展,就要首先学会质疑自己而不是质疑别人,向内看,让精神成长……这样,我们生活的内外环境才会良性循环。

在这个幸福感缺失的年代,《情意很轻,身体很重》可以作为情致生活的读本。鱼禾看到这句话很可能会感到很好笑。至少面对和思考这些问题,会减少一些自伤和他伤。

写于 2011 年 10 月

理解灾难、天堂和万物的角度

——温青和他的《天堂云》

在诗人温青的军旅生涯中,赴高原玉树抗震救灾,已经在他的生命中留下双重纪念,一是长诗《天堂云》,一是因长时间高原缺氧造成的不可逆的心电图改变。生命中的重大经历,为一部诗作的诞生提供了契机。但也只是契机,并非必然。必然来自诗人的目光和心性,诗人温青习惯凝望具有启示录性质的大事件,倾心于穿透人世和自然的宏阔思考,如他的《天生雪》《水色》等。那么,他到玉树,仰望上苍,由天堂云去思考灾难,思考人类的来路与归途,是很自然的事情。

具有大诗心的诗人和在社会层面上写诗的人,差异大概就在这里——同样的契机,那么多人写的都是抗震救灾的主旋律,与现场、现实拉不开距离,此类诗类似于报告文学或浅新闻。其复制的表情,煽情的气质,令读者、编者心生厌倦。

习惯于超拔思考的诗人温青,在满目疮痍、余震不断的玉树,在帮助受难同胞的同时,也找到了一个诗人生命中肃穆、高贵的角度和初次表达。之后,几易其稿。熟知他的文友胡亚才先生说,温青是一个勤奋而有毅力的诗人。直到2013年初夏,《天堂云》面世,该书的责编张鹰女士,也是我曾经的鲁迅文学院同学,一向言语诚实而低调,她这样描述见到《天堂云》时的感受:

我一下被诗歌的纯净所打动了,第一遍读,感觉到很辽远、很深厚、很纯净的意境……看第二遍的时候,寻找抗震救灾的诗句,跟我以前读的抗震救灾分行的标语口号是不一样的,他写灾难中的崛起、坚强,有人性的光辉和人性的深度在里面。(《天堂云》研讨会纪要,2013年7月鲁迅文学院)

2013年7月初,鲁迅文学院为正在鲁院学习的学员温青召开《天堂云》研讨会,来自京城的评论家、编辑充分肯定了《天堂云》呈现的人性、神性、诗性之灵光,肯定了其明亮、温暖、向上的品格,"把我们从现实带向理想的境界",在重大题材上实现了诗性的超越,是一部厚重真诚的心灵之作。(《天堂云》研讨会纪要)

《天堂云》没有太具体描述玉树地震造成的灾难,开篇起调高远,"天堂里云来云去……/没有人看清它的面目/那些飘扬的光阴/挂在了拥挤的天堂里//所有过往的精灵/都向下眺

理解灾难、天堂和万物的角度　235

望/白云铺地,大雪无乡……"

这么高远的起调,而且是一首长诗,对于诗人的思之能力,诗境的拓展力,语言的提纯等,都是高难度的挑战。生活中的温青很像他的名字,有着大善若水的兼容与厚道,今年初秋见他,他还给我留下了语速缓慢,乃至青涩的印象,但《天堂云》的作者可是一位肃穆的男子汉型的哲性诗人,他有着巨大的野心,寻找着对这个世界的整体性表达。

诗人温青对于上苍的景仰,使他的诗行沐上了圣光。他描述灾难,但更让读者感到万物被来自天庭的光温暖地照耀,如下列诗句:

风醒了,水醒了/太阳照开了冰雪的泪眼/青稞抬起了头。

"70后"的温青,是从草根阶层挣扎出来的诗人,青春时代的他曾在豫北乡办煤矿的深井中挖煤,是诗托付他幻想的心从黑暗中升起。后来,参军改变了他的命运。这样一路走来,可见温青身上有着超常的毅力,也许因此,他更懂得体恤灾难中冰雪下欣然醒来的万物。

一个皈依高原的生灵/是不能毁灭的/如同佛祖的经卷和匍匐在地的草/用无数的轮回/描摹一个永世的希望。

诗人发现生灵与山川大地、日月星空本就是一体的。历史学家黄仁宇先生谈论历史时曾说:"我发现世上所有的事件全都紧密相连。"在温青的笔下,万物也都紧密相连,因此,它们才拥有生生不息的希望。它引领我们在突遇灾难后寻找天地间的大秩序,寻找精神皈依……这是人类得以长远自救的良方。

把天堂的云彩/一丝一缕挂在心间//从此/死亡不再是死亡/苦难也不再是苦难/神明引导的生命/永生于山石泥水和青草之间。

从《天生雪》《水色》到《天堂云》,温青一直在寻找着天地间的大秩序,《天堂云》更突出寻找生命与神明的关系,生命中的信仰。诗人从地面的人群中,发现了与高空对接的神脉,找到了在天地间看待灾难的大角度。

诗人温青这样看待厄运:

让我们原谅所有的厄运吧/包括那些山崩地裂的颤动/那些地动山摇的雷电/那些冰雪掩埋的泪滴/那些侵入内心的风寒。

诗人以上帝般的眼睛,从宏大的时空观中来看这场灾难,没有从人类中心主义的立场去诉说灾难,更没有抱怨,他沉静客观地说,这是"大自然的悲欢离合/触发了一个暴力的出口"。

通过描述与这灾难有关的一切,温青所要表达的是心灵的感应,于极端情境中心灵对这个世界的理解,他以翻山越岭般的思考气势,一直在追问我们心中的天堂在哪里?天堂到底是什么?

天堂不远了/与天庭相连的大草原/在冰雪下绿了……/牦牛、野骆驼和黄羊的爱恋/匍匐于牧草/无边无际的奔跑和追逐/是天堂的歌谣。

人类要有爱和审美的眼睛,才能处处感受到天堂的气息。

天堂就在心中/每一个玉树高原的藏民/从和尚到尼姑/从喇嘛到活佛/得以微笑,得以虔诚……

温青所要寻找的是我们内心得以安宁的秩序,是精神的天堂。

天堂是每一个人的坦途/面对内心的安静/每一次苦难和失败都可以曲径通幽/无限辽阔的大草原/每一段草根/都有钻出泥土开花结果的理由。

温青特别的阳光,对万物有着根系相连的爱,他内心的定力和信仰,使他总能坦然面对命运的不公,能掠过苦难寻找希望,因此,他能够写出这样的诗句。

至此,可以说,《天堂云》为表达灾难类的诗歌,赢得了诗性的高度与尊严。

《天堂云》圣美的精神气质,通灵透彻、温暖有力的语言,长河奔流般的大气,已构成了一部大诗作的坚实轮廓。

《天堂云》圣美的精神气质,突出表现于人在天地间的感恩,这首长诗可以看成是温青对这个世界心疼至极的理解和谢词。在中国作家的作品里,不常呈现对万物感恩的情怀,我们缺少这样一种文化沿袭,也缺少这样一种经验沿袭。

这是被天空拥抱的土地/这是被青草温暖的土地/每一块山石都是从经书坠落的英灵/它们经历一切/它们记录一切……

在温青的笔下,物与物都是相互温暖、长相厮守的,山石也是有灵的、有心路历程的,它们都以爱的方式活着。

哲学家雅斯贝尔斯在综观世界上卓有成就的大哲学家时曾讲:"如果我只是我自己的话,那我必然会变成荒芜。"(雅斯贝尔斯:《大哲学家》,社会科学文献出版社,2012)事实上,我们的当代生活,就是因过度的个人主义,每个人都过于关注自己,而造成了精神生活的颓败。在此角度,《天堂云》所描述的万物相知相爱的景象,对于每一个读到它的人,都是一种提醒。

自然界懂得如何疗伤,虔诚的心也是,因此,这灾难很快就成为过去式。在温青的笔下,看不到成年人可怕的灰颓的一面。

五月春光乍泄/天际的闷雷开始低吼/为一个悲剧打上封条/为长跪匍匐的少男少女/指引一条通向万年灵塔的天路

哀伤埋进了黄土/天堂下的玉树绽开笑容/所有的云朵朝觐太阳……

云朵感恩于太阳，万物都在写着颂词……这种无所不在的感恩，这种广阔而肃穆的情感，传达着圣美之爱，传达着信仰！

今年初夏，我陪伴母亲到另外一个世界去的那些白天和黑夜，才实在感到肉身一分一秒被阴阳撕扯得不堪忍受，明白医术已经无用，才深感最后时刻能帮一个人的是你自己心中的光——心中的神灵和信仰，就是精神的皈依。此前只是抽象地认为，此后才知每个人最终都会迫切需要。可那不是需要时就有的东西，你怎样才能真的信呢？那可是年复一年或者一辈子的事情。

方感到温青在大灾难中向苍天仰望的目光，是如此需要，如此重要。在生命的底色中，温青是一个有信的诗人，他在高原目睹了太多有信的人与物，他的眼睛不是在寻找灾难，而是在寻找信仰的源泉。这样，诗才能帮一个民族找到希望，从灾难里走出来，心存神明，看清天地间的大秩序。可以看出，《天堂云》对震后内心生活重建的思考。

原文发表于《文艺报》2013年12月9日

后记

大约是2004年春天,李佩甫老师电话里告诉我,《羊的门》预再版,按体例要配一篇评传,之前《羊的门》火爆到佩甫老师自己都买不到正版书,文学评论界也公认其为巅峰之作,佩甫老师居然让我这个未名年轻人写,我第一反应是NO,那么多大评论家,您找谁不行啊?!在写作之外,佩甫老师是个怕麻烦的人,我想应是让我写最简单,他就不用考虑给谁打电话了。后来《羊的门》没有再版成,我甚至有点儿小窃喜,我写了很久的那篇《来自平原的声音——李佩甫论》,也终于可以不跟着一起大曝光了。近20年后的今天,我已经明白,一部真正的好作品,唯有时光可以验证它,任何评论都不会给它增加或减少什么。

多年来,在河南文学现场,有佩甫老师在,就有诚恳、简洁在,有文学的品质在,他不习惯心性以外的任何应景。佩甫老师当年说的一句话,"写到一定程度,境界就代表了水平",我深以为然。无论是小说还是评论，皆出自你的认知、境界，乃至你全部的人生。

该文集以《来自平原的声音》为名，谨以表达对这样一位作家的敬重，同时也借此表达我的文学评论心境。

似水流年，检阅这些文字，发现散淡的自己，却也写了"不少"，好在乡野自然中长大的自己，从小就不喜和任何人相比，因为自然是我的伙伴。我早已把自己解放了——写与不写，写多少，于我都不重要，我只希望自己不要写像机器写出来的文字，不要保留你自己都不喜欢的文字。散淡，但对文字又分外较真，不然，写它干什么？

这里的文字，均为首次收入文集。之前收入过其他文集的，如《来自平原的声音》等，这里不再收入。鉴于丛书字数限制，还有一些文字未能收入。文章排序，亦无定则，尤其是二、三部分，均是影响过或温暖过我人生的师友，在我心中没有先后。突然一阵心疼，三年疫情之后，我最珍惜的师友——纯粹、至善、爱书爱文学爱朋友如命的作家刘恪，不在了……

感谢《莽原》主编王安琪，催促我做了一年"经典重读"栏目，后来又断断续续写了几篇，让我对新时期文学静心回望了一遍。"重读与回望"的大部分文字源于此。感谢河南省作家协会、河南省文学院的支持，使我这些散乱在流年里的手稿得以整理成书。感谢河南大学出版社。感谢我的家人、我的朋友们。

2023 年初夏于郑州